鬼人幻燈抄 5

明治編　徒花

中西モトオ

双葉文庫

鬼人幻燈抄⑤
明治編　徒花

目次

明《めい》治《じ》編

登場人物紹介

◇**甚夜**(じんや)
鬼退治の仕事を生活の糧にする浪人。自らの正体も鬼で、170年後、葛野《かどの》の地に現れる鬼神と対峙するべく力をつけている。

◇**野茉莉**(のまり)
鬼の夕凪《ゆうなぎ》に託されて育てることになった甚夜の愛娘。

◇三代目・**秋津染吾郎**(あきつそめごろう)
金工《きんこう》の名職人で知られる秋津染吾郎の名を継ぐ三代目。付喪神使い。

◇**宇津木平吉**(うつぎへいきち)
染吾郎の弟子。鬼を嫌悪している。

◇**三浦直次**(みうらなおつぐ)
旗本・三浦家の嫡男。右筆《ゆうひつ》として登城していたが、幕末の動乱を前にして脱藩を決意。京都へ向かう。

◇**きぬ**
直次の妻。元は武家だったが落ちぶれて街娼をしていたところ、直次に見初められた。

◇**鈴音**(すずね)
甚夜の実の妹。正体は鬼で、甚夜の最愛の人・白雪《しらゆき》の命を奪う。葛野での悲劇の後、行方は知れず。

二人静《ふたりしずか》

1

京都は西大路四条《にしおおじしじょう》から一歩裏へ分け入ると、華やかな通りとは打って変わった、静けさの漂う細道がひっそりと存在している。夜になれば灯りのない小路は先を見通せないほど暗くなり、すれ違う誰かの顔さえ定かではない。そこにあやかしが潜んでいたとしても、誰も気付きはしないのだろう。日本有数の都市でありながら魔境として名高い京の都は、新時代が訪れた後も依然として妖異が跋扈《ばっこ》していた。

細い小路には、三匹の鬼の姿があった。

欲しい。足りない。返せ。

鋭い爪を無造作に放り出した異形《いぎょう》達は、不明瞭な言葉を発しながら幼い娘を取り囲んでいる。

「魔都とはよく言ったものだ。夜毎《よごと》、鬼が練り歩く」

鬼が童女へ一歩近づくと同時に、鉄のような声が響いた。

鬼が振り返る。そこにいたのは太刀《たち》を腰に携えた、六尺近い偉丈夫《いじょうふ》だった。

「一応、聞いておこう。名はなんという」

鬼には答えられるだけの知能がなく、悠然と立つ男をただ睨《にら》み付けている。

男は最初から返答を期待していなかった。自然な動作で左手を太刀へ掛け、鯉口《こいぐち》を切った。無遠慮に、鬼を冷たく見据えたまま歩みを進める。その仕草に敵だと理解したのか、三体の異形は童女から離れて襲い掛かってきた。

乱雑な動きだが、人には出せない速さだ。猛禽《もうきん》の爪が繰り出されるも、男は平静を崩さず斜め前に一歩を踏み込む。鬼の突進を躱《かわ》し、すれ違いざまに抜刀する。

一つ。太刀を引き抜く動作はそのまま横薙《な》ぎの一閃《いっせん》に変わり、左から迫る鬼の体躯《たいく》を両断した。

次いで左足を軸に小さく体を捌《さば》き、逆風、斬り上げる。

二つ。今度は右の鬼が地に伏す。

自我は薄いように見えるが、危機くらいは感じ取れたようだ。残された鬼は動揺してじりじりと後ずさり、背を向けて逃げ出す。

だが遅い。

振り上げた刀で空を斬る。風を裂く音と共に周囲の空気とは密度の違う、透明な斬撃が切っ先より放たれる。飛来する斬撃、あり得ない一刀が逃げ惑う鬼の背を容易に切り裂く。

『マガ…ツメ……』

呻き声をあげながら鬼は倒れ、立ち昇る白い蒸気となった。

これで、三つ。数十秒、わずか三振りで鬼の命は絶えた。

予断なく周囲へ意識を向ける。周りに気配はなく、伏兵もなし。それを確認してようやく男は血払いに刀を振るい、ゆっくりと鞘《さや》へ納めた。

息も乱さず妖異を討ち払ったが、勝利の愉悦《ゆえつ》も憐憫《れんびん》も感じない。ただ鬼の残した言葉が気になった。

男──葛野甚夜《かどのじんや》は噛み締めるように呟く。

「マガツメ……？」

何を指したのかは分からない。だというのに、その響きが耳から離れなかった。

明治五年（1872年）・四月。

大政奉還により江戸の世は幕を下ろし、明治維新を経てこの国は新時代を迎えた。江戸幕府の解体により成立した明治新政府は、政体書において地方制度では大名領を藩とし、大名を知事に任命して諸大名統治の形を残す府藩県三治制を打ち立てる。そして明治四年七月には、幕末より倒幕の主導を取ってきた薩長の軍事力を持って廃藩置県を行い、府県制が確立された。

かつての名残は緩やかに姿を消していく。幕藩体制は完全に崩壊した。武士は一部の大名が華族として特権階級に残り、しかし多くは士族と呼称され、ある程度の特権は認められたが以前の身分を剥奪《はくだつ》されることとなる。また、政府は明治三年に庶民の帯刀を禁じ、翌年には散髪及び脱刀を自由とする散髪脱刀令を発した。

――これから訪れる新時代は、武士も刀も必要としない。

畠山泰秀《はたけやまやすひで》の遺した予言は真実となる。

長らく続いた安寧を支え新時代を切り開いたはずの武士達は、明治においてその存在を認められず、過去の遺物として駆逐されようとしていた。

「無事か」

全ての鬼を討った甚夜は童女へと近寄り、平坦な声で問い掛ける。

「あの、もしかして、助けて下さったのでしょうか？」

舌足らずな幼い声だが丁寧な口調だった。状況がまだ掴《つか》めていないらしく、童女は不思議そうな顔で甚夜を見上げている。

「一応、そうなる」

「そうですか。それは、ありがとうございます」

異人の血が入っているのか、柔らかく波打つ栗色の髪が目を引く。背格好に反してほっそりとした顔の輪郭は、可愛らしさよりも整っているという印象が強かった。宝《ほう》相華文《そうげもん》の青い着物には金糸があしらってある。丁寧な振る舞いといい、案外華族の令嬢なのかもしれない。

「そう言えば、名乗っておりませんでした。向日葵《ひまわり》と申します」

「珍しいが、いい名だ」

「お前はこの名に相応《ふさわ》しいと、母がつけてくれました。私も気に入っていますので、どうぞ向日葵とお呼びください」

向日葵は大きすぎて下品という者もいるが、力強い花だ。言葉の端々《はしばし》に母への愛情を咲かせるこの子の笑顔は、確かに鮮やかな夏の花を思わせた。

「しかし、あぁ、向日葵は礼儀正しいな」

「今年で八つになります。もう子供ではないのですから、それなりの応対をせねば母の恥となりますので」

愛娘の野茉莉《のまり》よりも年下だが、随分としっかりしている。これも親の教育だとすれば、やはり躾《しつけ》は多少厳しい方がいいのだろうか。若干ずれたことを考えていると、向日葵は不思議そうに小首を傾げた。

「いかがなされましたか？」

「いや、私にも娘がいてな。多少、思うところがあっただけだ」

ちょうど、お前の一つ上だ。そう伝えると向日葵は曖昧な表情になった。甚夜の外見は十八の頃で止まっている。娘がいるようには思えなかったのだろう。

「失礼ですが、お歳は」

「今年で五十になる」

「見えませんね」

「よく言われる。さて、夜道は危ないから送ろう。ここには一人で来たのか？」

「あ、いえ。母と共に来たのですが、はぐれてしまって」

子供が一人出歩くのはおかしいとは思ったが、どうやら迷子だったらしい。どうするかと頭を悩ませていると向日葵の方から提案をしてくれた。

「母は私が家に戻ったと思っているのかもしれません。西大路まで出れば帰れますので、そこまで送っていただけますか？」

本当にしっかりした娘だ。首を縦に振って返せば、向日葵のような笑顔が咲く。

「では行きましょう」

自然と手を繋いでくる。無邪気というか、無警戒というか。育ちがよさそうな割に人懐っこい娘である。多少の驚きはあったが小さな手を振り払うこともできず、甚夜はされるがままになって西大路までの道を進む。

薄明かりに照らされた月夜の小路を、小さな娘と手を繋いで歩く。何気ないその道《みち》行《ゆき》を何故か懐かしいと感じた。

「ありがとうございました、おじさま」

年齢が五十だと聞いたせいもあるのだろうが、向日葵の呼び方は甚夜の外見に見合わぬものだった。とはいえ嫌な気はしない。普段年齢通りの扱いを受けたことがないので、おじさまという呼び方はそれほど悪くないと思っていた。

「ここでいいのか」

「はい、もう一人で帰れます」

「何なら家まで送るが」

「いえ、すぐ近くなので大丈夫です」

西大路はまだ人通りがある。再び鬼に襲われることはないだろうが、人が害をなさぬとは言い切れない。

「そんなに心配しなくても大丈夫ですから」

本人が望まない以上、無理に着いて行くのも気が引ける。仕方なくその言を認め、小さな溜息を零《こぼ》した。

「分かった。気を付けて帰れ」

「はい。ではおじさま、またお逢いしましょう」

ぺこりと一礼をしてから、無邪気な向日葵のような明るさを振りまいて少女は薄暗がりへと消えていった。


東海道に繋がる京の出入口は粟田口《あわたぐち》と呼ばれ、近くにはその由来となる粟田神社が鎮座している。スサノオノミコト・オオナムチノミコトを主祭神として祀《まつ》り、厄除《やくよ》け・病除けの神と崇敬されるこの神社は、その立地ゆえに古くから東海道を行き来する人々が多く訪れた。また旅の安全を願い、道中の無事を感謝して参拝されるため、いつしか粟田神社の主祭神は旅立ちの神としても信仰されるようになった。

さて、粟田口から白川橋を越え、南北路の東大路通を過ぎると京都は三条通に辿り着く。粟田神社の北側に位置するこの通りには、明治元年に創業した一軒の蕎麦《そ ば》屋があった。現在の甚夜の住居である。

「父様っ」

店に戻ると、腰まで届く長い黒髪を編み込んで毛先でひとまとめにした、小柄な少女が満面の笑みで出迎えてくれる。小さかった野茉莉も九歳になったが、先程の向日葵と比べるとまだまだ幼く見える。しかし、この子の方が可愛いと思ってしまうのはやはり親の欲目だろう。

京都に移ってからも目的のために鬼の討伐を続けている甚夜だが、いくつか変わったこともある。

庶民でも姓が許される新時代になり、甚夜は自身の育った故郷にあやかって「葛野甚夜」と名乗るようになった。そして『喜兵衛《きへえ》』の店主から教わった蕎麦打ちを活かし、明治を蕎麦屋の店主として生きていた。初めこそ閑古鳥《かんこどり》が鳴いていたが徐々に客足を伸ばし、五年経った今ではそれなりに人気の店だ。

店舗兼自宅である『鬼《おに》そば』に甚夜は野茉莉と住んでいる。血の繋がりはないが傍《はた》から見ても仲の良い親子で、親馬鹿ぶりを常連の客に揶揄《やゆ》されるのが日常となっていた。

「大丈夫だった？」

「怪我はない」

「ううん、そっちじゃなくて」

言いながら野茉莉は刀を指差す。明治三年に庶民の帯刀は禁じられたので、下手をすると官憲に拘束されてしまう。野茉莉は鬼にやられるよりも邏卒《らそつ》に捕まることを心配していたらしい。

「見つからなかったから平気だ」

「でも父様、気を付けないと」

「善処はするが、難しいな」

帯刀でいざこざを起こすのは問題だが、刀を持ち歩かないわけにもいかない。土浦《つちうら》ほどの体術を習得しているならばまだしも、甚夜の腕前では素手で高位の鬼を討つのは無理がある。何か手立てを考えておいた方がいいのかもしれない。

「最近多いね」

野茉莉が心配とわずかな寂しさを含んだ声で言った。それは甚夜自身の懸念でもあった。

「ああ、そうだな」

鬼の噂に首を突っ込むのは毎度だが、ここ一年でその頻度はぐっと増えた。今夜も依頼を受け、下位とはいえ三匹の鬼を討った。それなりの報酬を得られるのだから不満はないが、こう数が多いのは気になる。いくら京が日本有数の魔都だとはいえ、これ程に鬼が生まれるものだろうか。なにより引っ掛かるのは、討たれた鬼が揃って口にする言葉だ。

マガツメ。

それが何であるかは分からないが、幾多の鬼が跋扈している現状に関わっていることは間違いなかった。

「父様」

「大丈夫だ」

「……うん」

知らぬ間に表情が厳しくなっていたらしい。野茉莉は不安に目を潤ませている。

頭を撫で、心地を和らげようと笑いかけてみても表情は優れない。もう少しうまく慰めてやればいいのだが。思いながらもそれを為せない己《おのれ》が恨めしい。

浮かべる表情が自身を案じてのものだと分かる。この娘は血の繋がらない、人ですらない甚夜を本当の父と慕ってくれているのだ。それが嬉しく、だからこそ不安になる。もしも、野茉莉になにかあったなら。そういう時、傍にいてやることができなかったら。

じわりと不安が広がり、しかし過《よぎ》った想像を無理矢理に頭の外に追いやる。

「さあ、今日はもう遅い。そろそろ休もう」

「父様は？」

「私も休む。先に行っていてくれ」

内心を隠し、娘を寝床へと促す。まだ少し沈んだ色は残っていたが、それでも野茉莉は幾分元気を取り戻したようで、店の奥にある畳敷きの寝床へ小走りに向かう。

「夕凪《ゆうなぎ》、私はうまく父親をやれているだろうか」

小さく、自身の左腕に語りかけた。

母は物心つく頃には亡くなり、父の妹へ対する虐待に耐えかねて、五歳で衝動的に家を出た。流れ着いた葛野にも義父母と呼べる人達はいた。だが、夜風《よかぜ》はほとんど社《やしろ》で暮らしており、元治《もとはる》も鬼との戦いで命を落とした。

そういう身の上だから、甚夜には正しい親のあり方というものがよく分からず、ちゃんと父としての役割を果たせているのか今一つ自信がなかった。
それでも叶うならば守りたい。
復讐に身をやつす、間違った生き方。
その途中で出会った得難い暖かさ。
せめて大人になるまではあの娘の父でありたいと、野茉莉の小さな背中を見送った。

2

店屋の朝は早い。空が白んできた頃には起床し、その日の仕込みを済ませる。粗方を終えれば、今度は店先の掃除に取りかかる。

最初の頃は早起きが辛かった。しかし慣れというものは恐ろしい。今では自然と時間になると目が覚める。それだけ蕎麦屋の店主が板についてきたということだろう。

「おう、葛野さん」

「どうも」

鬼そばの隣は『三橋屋《みはしや》』という、去年創業したばかりの和菓子屋がある。そこの店主である三橋豊繁《とよしげ》は、こちらで知り合った二十の若者だ。丁度同じくらいの時間に豊繁も掃除を始めるのでよく顔を合わせる。彼も早起きが苦手なようで、大概は眠そうな顔をしていた。

「ええ天気やな。後はお客さんが来はったら言うことなし、やねんけどな」

「まだ一年。これからでしょう」

「せやとええんやけどな。あぁ、掃除がめんどくさいわ」

面倒と言いつつも真面目にこなすあたり、やる気がないというわけでもない。

三橋屋はできたばかりで客の入りはまだまだ悪い。甚夜自身、蕎麦屋を始めた時は似たようなものだったので、辛い気持ちはよく分かる。

「愚痴を言ってもしゃーないわ。今日も頑張りましょか」

悲観的にならないだけ豊繁は前向きである。気合を入れ直し、大げさな動作で店先のごみを片付けていく様はまるで子供のようだ。

甚夜も一通り店先を箒《ほうき》で掃いてから戻り、朝食の準備に取り掛かる。自分一人ならば雑なものでも構わないが、今は野茉莉がいる。やはり食事はきちんとしなければならない。

茄子《なす》の味噌汁、漬物を用意して寝床の方に向かう。布団であどけなく眠っている野茉莉の姿に笑みが零《こぼ》れたのは、致し方ないことだろう。

「野茉莉、朝だ」

「はいっ」

優しく頭を撫でながら声を掛ければ、瞬間ぱっちりと目を開く。寝ていたのではなく、ただ目を瞑《つぶ》っていただけらしい。起き抜けでも元気よく、にっこりと笑顔を見せてくれた。

「なあ、起きているなら、私が起こしに来る必要はないと思うのだが」

「でも父様に起こして欲しい」

「いや、まあ構わんが。とりあえず顔を洗ってこい」

「はい」

娘が頼む、それだけの理由で甚夜は素直に従う。甘やかし過ぎているかもしれないが、ああも喜んでくれるものだから、これもまた習慣となってしまっていた。

野茉莉が起きれば朝食をとる。味噌汁と漬物だけの簡素な食事だが、娘は笑顔で食べてくれる。やはり自分が作ったもので喜んでもらえるというのは嬉しかった。

「よく噛んで食べるんだぞ」

「わかってる」

箸の使い方も上手くなった。そこまで構う必要もないのだが、時折幼子へ向けるような言い方をしてしまう。気を付けねばとは思うが、口をついて出てしまうのはどうしようもなく、父親というものは厄介だと反省する日々だ。

「野茉莉、弁当だ」

「ありがとう父様、それじゃあ行ってまいります」

「ああ、気をつけてな」

笹の葉に包んだ握り飯と漬物の簡単な弁当を渡す。

店が始まるよりも早く野茉莉は学校へと出かける。

江戸の頃は女性に学問など必要なく、家を守っていればよいと考えられていた。そのため女子に対する教育といえば寺子屋、それもごく初歩的なものに限られていた。だが、明治に入り欧米の思想が定着すると女性にも教育が必要だと考えられるようになって、小学校という初等教育機関が設立された。野茉莉が通うのは寺子屋が母体となった小学校だ。友達もできたらしく、毎日楽しそうに通っている。

「所帯染みたな」

店先で娘を送り出し、その背中を眺めながら甚夜は思う。

憎しみのために刀を振るってきた男が、変われば変わるものである。余分はいつの間にか増えて、かつてよりも刀は濁った。今では以前のように全てを切り捨ててまで戦うことはできないだろう。それも悪くないと思える自分がおかしくて、甚夜は穏やかに笑みを落とした。

「さて」

天気もいい。今日も忙しくなりそうだ。

「ありがとうございました」

日も落ちて最後の客を見送ってから暖簾《のれん》を外して店の中にしまえば、ようやくの店仕舞いとなった。

鬼の討伐依頼がない時は、普通に蕎麦屋の店主として生活している。髪を短く切ったのも、店を始める際に衛生面を気にしてのことだ。鍛冶の才能はなかったが蕎麦打ちはそこそこ向いていたらしく、親子二人で暮らしていくには十分な稼ぎを得ていた。

「父様、お疲れ様」

「ああ。済まないな、いつも待たせて。すぐ夕食にしよう」

少し遅くなるが一緒に食べたいらしく、野茉莉は学校から帰った後、店が片付くまで待ってくれている。厨房に置かれた食材に手をかけた時、がらりと引き戸が開いて客が入ってきた。

「すみませんが、今日はもう――」

店仕舞いですと言おうとして途中で止める。一見《いちげん》の客ではなく、それなりに付き合いのある男だった。

「分かっとるよ、その時間狙って来たんやからな」

「お前か」

「なんや冷たいなぁ、親友に対して」

この初老の男は鬼そばの開店当初からの常連で、名を秋津染吾郎《あきつそめごろう》という。物に宿った想いを鬼へと変えて使役する付喪神《つくもがみ》使い、その三代目にして根付《ねつけ》職人でもある彼は、よく弟子を連れて鬼そばに出入りしている。

甚夜と同じく裏では鬼の討伐を請け負っているが、染吾郎は人に仇《あだ》なす鬼だけを討ち、大人しいあやかしには危害を加えることのない珍しい人物だ。だから甚夜の正体を知りながらもさして気にしておらず、友人と言っても差し支えはない。ただ、親友はさすがに言い過ぎだろう。

「誰が親友だ」

「あら、そんなこと言ってええん？　この店ええ場所に建っとるし、店作るのも始めるのもえらい大変やったと思うんやけどなあ？」

それを言われると弱い。産鉄の集落で育った甚夜は学問に触れる機会はほとんどなく、読み書きが辛うじてできる程度だ。そのため契約等の細かい文書を扱うのは苦手としていた。そこで京都に移る際は染吾郎を頼ったのだが、それをいまだに言われ続けている。

「ま、それは置いときましょ。今日は少し頼みがあるんやけど、ええやんな？」

秋津は退魔である以上に職人として有名で、初代から京の都を拠点にしていたことから人々に信頼されている。その分耳が早く、甚夜の事情を知っている染吾郎は妖異がらみの奇妙な噂があれば回してくれていた。そういう時は大抵、店が終わった後にひょっこりと顔を出す。つまり、今回もそういうことなのだろう。

「依頼人、連れてきたで」

染吾郎が背後を親指で指し示す。その先には一人の女がいた。

「野茉莉。もう少し待っていてくれ」

「……うん」

寂しそうに頷く娘に申しわけないと思うが、蕎麦屋の店主はここで終わりだ。三角巾と前掛けを脱ぎ、甚夜は意識を切り替えて女へ視線を送った。

「失礼します」

染吾郎に連れられて来たのは、薄い紫色の小袖を着流した年若い女だった。年の頃は十七か、十八。背は五尺を下回る程度で、余計な肉のついていない細身だが、痩せているというよりはしなやかという表現がぴったりくる。品の良い顔立ちに白い肌も相まって、繊細な女といった印象を受けた。

しかし、服装の方は繊細とは程遠い。着流しからは白いほっそりとした脚線が見えている。着物の胸元はかすかに開けられており、そこから胸に巻きつけたさらしが覗《のぞ》いていた。長い黒髪は髷《まげ》を結わず縛りもせず、毛先だけを揃えている。その髪型も珍しいが、なにより目を引いたのは彼女が腰に携えたものだ。鉄造りの鞘《さや》に納められた刀があった。

「貴方様は、鬼の討伐を請け負うと伺いました。どうか、ご助力を」

渡世人《とせいにん》のような装いに反して、丁寧なゆっくりとした口調で深々と頭を下げる。ちぐはぐと言えばいいのか、なんとも奇妙ではある。

「頭を下げるのは早かろう。まずは話を聞かせてくれ」

恐縮している女へ頭を上げるよう促す。そもそも鬼を討つのはこちらの都合であり、多少派手な女性ではあるがそれを理由に門前払いはあり得ない。

「野茉莉」

「うん、奥で待ってる」

ちらりと横目で見れば、愛娘はこくりと頷く。

こういう状況は初めてではない。野茉莉は寂しげな顔を隠し、とたとたと店の奥にある居間へ向かった。あの娘にはいつも苦労を掛ける。今度埋め合わせをしなくてはいけないだろう。

「とりあえず、君のことは詳しゅう話させてもらったわ。了承済みやさかい、そこら辺は安心してええよ」

強調したからには、こちらの正体が鬼であることまで明かしているはずだ。染吾郎は浅慮《せんりょ》ではない。彼が大丈夫だと判断したからには、彼女は信の置ける相手ということだ。ならば警戒する必要はない。そう考えられる程度には、甚夜もまた染吾郎を信頼していた。

「ほな、僕はこの辺で」

「もう行くのか?」

「君なら悪くはせんやろ? その娘は古い知り合いってやつや。よろしゅう頼むわ」

口調の軽さとは裏腹に、真摯《しんし》さを感じさせる目だ。一方的に言葉を押し付け、染吾郎は店を出ていく。その背中は何故か少しだけ弱々しく見えた。

「さて、座ってくれ」

店内は二人だけになり、落ち着いて話すために茶を入れて適当な椅子に腰を下ろす。女は卓を挟んで甚夜の向かい側に座り、小さく一礼をした。

「既に聞いているかもしれないが、私の名は葛野甚夜。鬼の討伐を生業《なりわい》としている。もっとも、この格好では説得力がないか」

付け加えた言葉に女は小さく笑う。今の甚夜の服装は蕎麦屋の店主でしかなく、とてもではないが戦いに身を置く者には見えない。その自覚はあったのだが、彼女の反応を見るに特にこちらを疑った様子はなかった。

「貴女の名は」

甚夜の問いに女はちらりと腰に携えた刀へと目をやり、臆面もなく答えた。

「兼臣《かねおみ》、と」

あからさまな偽名だ。どうやら名乗る気はないらしい。

咎《とが》めることはしない。正直に言えば彼女の名に興味はなかった。重要なのは鬼の情報であり、彼女が何者であるかは二の次だ。たとえ彼女の正体が鬼で、近付いて寝首をかこうとしているのだとしても、鬼を討つ機会が得られるならばそれはそれで構わなかった。

「やはり兼臣か」

むしろ気になったのは腰に携えた刀の方だ。無骨な鉄鞘に納められた一振り。刀身は見ていないが、鞘の反り具合から想像するに打刀《うちがたな》ではなく太刀に分類されるだろう。漏れる気配はかつて見たことのある刀によく似ていた。

「戦国後期の刀匠、兼臣の作。夜刀守兼臣《やとのもりかねおみ》」

あれは高位の鬼が持つ力を宿した、人為的に造られた妖刀だ。遠く戦国の世に、一組の夫婦が異なる種族の共存を願い鍛え上げた太刀である。

「ご存知でしたか」

「少しばかり縁があってな」

何せ、かの妖刀のうち一振りを、正確に言えばその力を甚夜は所持している。気配を間違えるはずがなかった。

「っと、話が逸れた。済まないが兼臣殿。詳しく話を聞かせてくれ」

「はい。葛野様は、五条大橋をご存知でしょうか」

五条大橋は鴨川に架かる橋で、古くは清水寺《きよみずでら》への参詣路《さんけいみち》であったため清水橋とも呼ばれた。天正十七年に豊臣秀吉の命によって現在の場所へと移設され、その際に石材で改築された古い歴史を持つ橋である。

「夜毎、そこには一匹の鬼が出ます。名は地縛《じしばり》。その鬼を捕えたいのです」

「討ちたいではなく、捕えたい？」

「はい。私はあの鬼に、大切なものを奪われました。それを取り返したい」

兼臣は良家の子女といっても十分に通じる端正な面立ちをしている。それを苦渋に歪める様はひどく痛ましく、だが共感してやれるほど若くもない。甚夜は奥歯を食い縛る女の姿を、ただ黙って眺めていた。

「既に一度、私は地縛に敗れています。ですから、刀一本で鬼を討つという葛野様に御助力を願いたいのです」

自分では勝てないから力を貸してくれ。刀を振るう者にとって、その願いがどれだけ屈辱なのかくらいは甚夜にも理解できた。

「詳しく、お伝えすべきでしょうか」

兼臣は上目遣いに甚夜の表情を覗き見る。

地縛という鬼との関係や奪われたもの、そもそも彼女が何者なのか、不明瞭なことばかりだ。兼臣は多くの隠し事をしている。彼女自身も胡散臭《うさんくさ》い依頼だと自覚しているのだろう、気まずそうな様子だ。

しかし、問い質《ただ》そうとは思わなかった。染吾郎の旧知ならば悪人ではない、それで十分だった。

「己の理由なぞ、余人に理解してもらうようなものでもない。話したくなければ構わん」

「お気遣い、感謝いたします」

兼臣は少しだけ口元を緩める。そして懐から束になった札を取り出した。

「依頼料は、前金で六十円用意しています」

彼女の提示したのは、実に半年働かずとも生きていけるだけの額だ。

「この依頼、受けて下さいますか？」

これだけの金をぽんと出せる。若い女だけに少々引っ掛かるが、金額の多寡《たか》は重要ではない。多いに越したことはないが、それよりも聞いておかねばならないことがあった。

「一つ、確認しておく」

「なんでしょうか」

「お前は地縛という鬼から取り返したいものがあるという。ならば、その後の処遇はどうするつもりだ」

「どうする、とは」

「生かすか殺すか、ということだ」

甚夜の問いに対して「そうですね」と微かに俯《うつむ》き、ほんの一瞬だけ逡巡《しゅんじゅん》してから兼臣は答えた。

「別にどちらでも構いません。正直に言えば、私は私の目的を果たせればそれでよいので」

「ならば斬った後は」

「葛野様の判断にお任せします」

それを聞いて安心した。相手が高位の鬼であれば気兼ねなく喰える。そこが確認できればこちらとしても文句はない。

全てが終わった後、地縛の始末を任せてもらえるというのなら依頼を受ける。そう伝えれば、兼臣は表情を綻《ほころ》ばせる。

「本当ですか。ありがとう、ございます」

柔らかな口調ではあるが、目は深い感謝に潤んでいた。真っすぐすぎる感情は居心地の悪さを覚えてしまうほどだ。こそばゆい気持ちを誤魔化すように、甚夜はこほんと咳払いをする。

「んん、だが少し依頼料が多くはないか？」

「いえ、これは私の感謝の気持ちとでも、思っていただければ幸いです」

言いながら彼女は札束を甚夜の前に置いた。突き返すのも妙な話だ。ありがたく頂《ちょう》戴《だい》し、本題へと入る。

「地縛という鬼の特徴を教えてくれ」

「はい。年は私と同じ十七。背丈は五尺を下回る程度。ちょうど、私と同じくらいでしょうか」

淡々と語る兼臣の表情からは、感情がすとんと抜け落ちている。少なからず因縁のある鬼なら、冷静過ぎる態度は何も感じてないのではなく無理に押さえつけているからだろう。

「私と同じく鬼女も細身で色白な女です。顔立ちも悪くはないと思います。私とそう変わらないので」

さらりと言ってのける女に自惚《うぬぼ》れた様子はなかった。実際彼女の顔立ちは人並み以上だが、気になるのはそこではない。

「五条大橋に出る鬼は、このような姿をしています」

甚夜の疑問を察した兼臣は、問い掛けるより早く静かに頷く。

苦々しくどこか疲れたように、女は先程とは打って変わった自嘲の笑みを浮かべて見せた。

3

昼の混雑がようやく落ち着いた頃、秋津染吾郎が店を訪れた。特別な用件ではなく弟子を連れて食事に来ただけらしい。彼らは昼夕問わずよく顔を出すのだが、弟子の方は不機嫌そうに甚夜を睨んでいた。

「お師匠、他の店やったらあかんのですか？」

「なんや平吉《へいきち》、不満か？　せっかく奢《おご》ったるゆうてんのに」

「それは嬉しいですけど。なんで鬼の店なんかで」

「こら、滅多なこと言うたらあかん。まあ、今は他に客がおらんしええけど」

「うっ。そ、そんくらい、俺かて分かってます」

宇津木《うつぎ》平吉。今年で十二になるこの少年は、染吾郎の下で根付《ねつけ》づくりを学んでいる。平吉は元々根付職人ではなく付喪神使いに憧れて師事した。もっともいまだそれらしき術を教えてもらえないらしく、現状に納得していないようだった。加えて甚夜に対しても刺々《とげとげ》しい態度を取る。人に紛れて暮らす鬼の存在は平吉にとって許容し難いようで、いつも嫌悪感に満ちた目を向けてくるのだ。

「きつね蕎麦、二つな。ほれ、平吉も座り」

染吾郎は弟子の不満を軽くいなして、さっさと注文をしてしまう。そうすれば平吉も従う他なく渋々席に座る。そこまでが定番の流れなので、甚夜も口を挟まず黙々と蕎麦の用意をしていた。

「きつね蕎麦二丁、お待ち」

「お、おおきに。なあ、今さらなんやけど、なんでおあげやのにきつねなん？　こっちゃとたぬきの方が通りええよ？」

「いや、私の故郷では狐を神様と崇めていてな。呼び方は土地で変わるし、どうせなら縁起のいい方を選んだんだ」

甚夜が育った葛野では、マヒルさまと呼ばれる火を司る女神が信仰されていた。マヒルさまは元々森に棲《す》んでいた狐だとする説話があり、思い付きできつね蕎麦を出してみたのだが、なかなか評判がいい。神仏の加護があったのか、今では鬼そばの一番人気である。

「はぁ、なるほど。平吉、はよ食べんと伸びるで？」

「はい。……食いもんに罪はないしな」

平吉の態度はいいとは言えないが、甚夜はあまり気にしてはいなかった。江戸で過ごした日々のおかげか、単に歳を取ったからなのか。子供の無礼くらいは自然と受け入れられるようになった。少しずつだが変わっている、その実感が確かにあった。

「相変わらずやね」

「せやけども、鬼は退治すべきやないんですか、お師匠」

「鬼をただ討ちたいだけなんやったら、妖刀使いの南雲《なぐも》や勾玉《まがたま》の久賀見《くかみ》あたりに養子に行ったらどうや。秋津は付喪神使い、物の想いを鬼へ変える。せやから、鬼を憎しと扱うのはなんやちゃうと思うやろ？　鬼は想いの果てに堕ちる場所。その是非はちゃんと見極めなあかん」

「それが付喪神使いの矜持《きょうじ》ですか？」

「人としての、最低限の礼儀や。想いを力に変えるのが僕らなら、誰よりも僕らは想いを大切にせなあかん」

穏やかに平吉を窘《たしな》める姿は、まさしく師匠といった雰囲気だ。江戸で出会った時にはまだそこまでの貫録はなかったし、以前は染吾郎自身が「どこまでいっても鬼は倒される側の存在だ」と言っていた。この男も歳月を重ね、少しずつ変わっていったのだろう。

「色々ゆうたけど、人に善人悪人がおるように、鬼にも悪鬼や善鬼がおる。人やから鬼やから、なんて言うんはよろしゅうないんちゃう?」

「そやけど、納得はできへんのです」

「あらまあ。ま、いつかは分かるようになるわ。できたらそれが遅すぎた、なんてことにならんとええけどね」

そう締め括《くく》り、再び食事に戻る。普段は触れることのない師としての染吾郎の姿は、なんとも微笑ましい。野茉莉の父であろうとする自分も、おふうや直次《なおつぐ》にはこう見えていたのかと今さらながらに気付かされた。

「師というのも大変だな」

「はは、せやね。それ言うたら父親も相当やと思うけどね」

お互い様だと二人して小さく苦笑し合う。なんだかんだと親交を結んできた。流れる空気は、それなりに和やかだった。

「なんでお師匠は鬼なんかと」

師と鬼の気安い関係が平吉には面白くないようで、ぶつぶつと呟きながら恨みがましい目でこちらを見ている。年齢を考えれば仕方ないが、まだまだ子供だ。甚夜は溜息交じりの苦笑を零《こぼ》す。

「そう睨むな、秋津の弟子」

「うっさいねん」

にべもなく平吉は視線を切って蕎麦を啜《すす》る。しつこく言っても意固地になるだけだろう。ひとまず放っておき、ここからは真面目な話に切り替える。

「染吾郎。少し聞きたい」

「ん？」

「兼臣のことだ」

昨夜、染吾郎は兼臣を古い知り合いと言っていた。少しは彼女の人となりを知っていると期待したのだが、何故か不思議そうな顔で返される。

「兼臣って、なんや？」

「昨日の女だ。そう名乗った」

「あぁ、そか、あいつ兼臣やゆうたか。久しぶりに会《お》うたから忘れとったわ」

何度か頷いた後、染吾郎は茶をひと啜りして居住まいを直す。

「せやけど僕もあんまり知らんよ。別に個人的な付き合いがあったわけやないし」

「というと」

「細かく言えば、あの娘とやなくて主人の方と知り合いなんや。あの娘のご主人は、まあ、ご同業やってん。何度か肩を並べさせてもろたけど、鬼にやられてしもたんや」

そこまで聞けば粗方の事情は察せる。

兼臣は、付喪神使いの三代目と共に戦えるほどの退魔に仕えていた。しかし主人は鬼の手にかかり命を落とした。一人になった彼女はわずかな縁を頼りに、主人と交友のあった染吾郎を訪ねる。そして甚夜の話を聞き、地縛という鬼の討伐を依頼した。

「つまり、仇討ちか」

「まあ、せやな。それ以上は本人に聞かはったら？　ほんで、気ぃ遣ってもろたら助かるわ。あの子は抜身の刀や。多分、自分が思てる以上に脆《もろ》いで」

それだけ言って染吾郎は黙り込んだ。無理に聞き出す気にもなれず、そこで会話は途切れた。

夜になり、甚夜は兼臣と並んで五条大橋へと向かっていた。

男女で京の町並みを歩いても艶《つや》っぽさはない。兼臣はどこか物憂げな空気を漂わせているし、甚夜にも思うところがあった。

夜毎出るという鬼、地縛は話によれば兼臣とよく似た鬼らしい。それ以外には大した情報は得ていない。染吾郎に聞いた話から両者の間にある因縁は想像できたが、だからこそ深く追及するのは憚《はばか》られた。どうせ聞いたところで為すべきは変わらない。鬼を討ち、喰らう。そのために依頼を受けたのだから余計な詮索よりも戦いに意識を向けるべきだろう。

「二人静《ふたりしずか》をご存知でしょうか」

　押し黙っていたかと思えば、兼臣が急に話しかけてきた。

「山野の日陰に自生する、白い小花だな。晩春から初夏にかけて咲く。一人静という花に似ているが、二つの花穂を付けることから二人静と呼ばれるようになったそうだ」

　以前知り合った女に、様々な花の名を教えてもらった。そのためよどみなく答えられたが、隣を歩く女はくすりと小さく笑い、首を横に振って否定した。

「葛野様は花に詳しいのですね。ですが、私が言ったのは世阿弥《ぜあみ》の作と言われる謡《よう》曲《きょく》のことです」

「謡曲……」

　花はともかく、そちらの方は生憎《あいにく》と知らない。なにも返せずにいると兼臣は前を向いたままで語り始める。

「吉野の里にある勝手《かって》神社では、毎年正月七日に麓《ふもと》の菜摘川《なつみがわ》から菜を摘んで神前にそなえる風習があったそうです」

ある一人の菜を摘む女——菜摘女は例年通り、菜摘川へと足を運ぶ。しばらく菜を摘んでいると、一人の女が姿を現した。

『吉野に帰るなら言付けて下さい。私の罪の深さを哀れんで、一日経を書いて弔って下さい』

女は涙ながらに菜摘女へと頼み込む。

名を尋ねると何も答えず、煙のように跡形もなく消えた。

不思議な体験をした菜摘女は吉野に戻り、そのことを神職に報告する。しかしその途中、女の顔付きが、言葉遣いが変わっていくではないか。神職が驚き『お前は何者だ』と問えば、菜摘女は『静《しずか》だ』と名乗った。

勝手神社には、義経と別れた静御前《しずかごぜん》が荒法師《あらほうし》に捕えられた時に雅やかな舞を披露したという説話があり、境内には舞塚がある。だから神職は一つの仮説を立てた。

彼女に取り憑《つ》いたのは、静御前の霊ではないだろうか。

『弔う代わりに舞いを見せて欲しい』

自身の仮説を確信へと変えるため、神職はそう頼んだ。すると菜摘女は精好織《せいごうおり》の袴《はかま》や秋の野の花づくしの水干《すいかん》など、静御前が勝手明神に収めた舞いの衣装を宝蔵から取り出した。女は衣装を身に着け舞う。流麗にして典雅、それでいて艶を感じさせる静御前の舞そのものだった。

皆一様に見惚《みと》れていたが、ふとおかしなことに気付く。舞い踊る菜摘女の後ろに何やら影がある。目を凝らしてよく見れば、そこにはうっすらと透けた白拍子《しらびょうし》がいた。取り憑かれた女と静御前の霊。二人の静は重なり合うように舞を披露したという。

「これが二人静の内容です」

「幽霊と舞う。なんとも奇怪な話だ」

「ええ。ですが、この話が本当に奇妙なのは、静御前の幽霊が現れたところではないのです」

兼臣の声は、なぜか寂しげに聞こえる。

「菜摘女は静御前に取り憑かれていたから、彼女の舞を舞うことができた。けれど途中で静御前の幽霊が現れ、それでも菜摘女は舞い続けます」

菜摘女の舞は静御前のもの。彼女に取り憑かれていたからこその舞だ。しかし静御前の幽霊が現れたというのなら、その時点で菜摘女は解放されていたのではないかと兼臣は言う。

「それなら、なにが菜摘女を動かしていたのでしょうか」

彼女の中に静御前の霊はいない。ならば彼女はどうやって舞った？　舞は菜摘女の内から零れたのか、静御前の想いがその身に残されていたのか。それとも彼女を動かしていたのは、もっと得体の知れない何かだったのか。

「さて。生憎と浅学でな。小難しい話は分からん」

いくら頭を悩ませても明確な答えが出ない雑談だ。益体《やくたい》のない問答を終わらせて無駄な思考は振り払い、ぎろりと前を見据える。

「それに無駄話をしている暇もなさそうだ」

気付けば視界の先には五条大橋が見えている。遠目ではあったが月明かりの夜だ。そこに立つ女の姿も、はっきりと確認できた。男物の羽織に袴をはいた若い女が、夜の闇の中でも赤々と輝く瞳でこちらを覗き込んでいる。けれど驚きや警戒心より戸惑いが勝った。

「そら、静御前の御目見えだ」

甚夜は夜来《やらい》を抜刀して切っ先を眼前の鬼へ突き付け、鋭い目付きのまま皮肉げに言った。鬼女は兼臣と瓜二つだった。

「地縛っ」

顔を歪め、兼臣は鬼を睨む。夜刀守兼臣を引き抜き、正眼に構える。ぴんと張った背筋とわずかな足さばきを見るに剣術は修めているようだ。

「今日こそ返してもらいます」

「あらあら、相変わらず無駄な努力が好きなのね」

容姿は同じだが、声は別のようだ。地縛の方が若干高く、口調とは違い子供っぽさを感じさせる。鬼ではあるが、震えるような淀んだ声ではない。外見も声も人としか思えなかった。

「今日は男連れ？」

嫌味な物言いをしつつ、地縛は薄目で値踏みでもするような不躾《ぶしつけ》な視線を送ってくる。

突き付けた刀を後ろに回して脇構えを取る。

「甚夜だ。そちらの名は聞かせてもらえるのか？」

名乗れば地縛は目を見開いた。なにか引っ掛かるのか、珍しいものでも見るように甚夜をしげしげと眺めている。

「あらまあ、貴方が。お噂はかねがね」

こちらの名も既に知られていた。鬼の身でありながら同胞を討つ男だ。案外、鬼の間では悪名が鳴り響いているのかもしれない。

「私は地縛。マガツメ様の命に従い、人を狩っております」

芝居がかった仕草で地縛は丁寧に挨拶をする。またマガツメだ。しかも様付けで呼ぶとは、この鬼は配下なのだろうか。

「マガツメとはお前の主か」

「いいえ? 違うわ」

「ならば」

「貴方はお喋りに来たのかしら?」

馬鹿にしたような笑いを零す。これ以上問い詰めても得るものはないだろう。

「そうだな、続きはお前を斬り伏せてからにしよう」

その身を喰らい、記憶ごと奪えばいいだけの話だ。

意識を研ぎ澄ます。女であろうと関係ない、悪いが討たせてもらう。

「葛野様、あの鬼はまともではありません。どうか油断なさらぬよう」

「忠告感謝する」

甚夜は冷静に地縛を観察していた。

彼女の体付きは兼臣と同じく細身であり、その立ち姿から武技を修めている様子もない。異形へと化す素振りも見せず、男物の羽織をまとっている以外は普通の娘としか思えない。しかし兼臣は地縛に負けたと言った。

つまり隠し玉があるのだろう。十中八九それは彼女の力だ。警戒を緩めず、すり足で間合いを縮める。

「っ！」

もう一歩を進もうとした時、突如飛来した何かが歩みを止めた。まっすぐに放たれたそれを咄嗟《とっさ》に刀で弾く。

「鎖？」

勢いを失くし地面に転がったものは、先端に小さな鉄球の付いた鎖だった。

いったいどこから、と疑問に思う暇もなかった。次の瞬間、鎖は生き物のようにもう一度甚夜目掛けて飛来する。今度は弾けない。大きく後退して距離を空ける。一呼吸置いて地縛を睨み付け、甚夜は大きく目を見開いた。

「な」

五本、いや、先程放たれたものも合わせて六本。それだけの数の鎖が、彼女の周りでゆらゆらと揺れている。鎖の基点となっている場所も計六つ。そこには何もない。ただ黒っぽい球形の歪みが空に浮いているだけだ。空中に鎖が生えているようにしか見えなかった。

「私の名は地縛。力の名も」

余裕たっぷりの笑みで、鬼女は右腕でゆっくりと兼臣を、次に甚夜を指差した。

「〈地縛《じしばり》〉」

鎖は蛇だった。じゃらじゃらと金属音を響かせながら襲い来る鉄球は、餌を求める蛇の顎《あぎと》だ。その牙は甚夜と兼臣を同時に狙っている。

鎖を造り出し自在に操る力、といったところか。こういった異能は初めて見るが、なるほど、あれならば本人の身体能力がどれだけ低くても戦える。地縛の意思で操れるなら紙一重で躱すのは危険だ。甚夜は大きく横に飛び、放たれた鎖を回避する。

がきん、と鎖と刀がぶつかり合う。回避したはずの鉄球が背後から襲ってきた。思った通りある程度地縛の意思で操れるようだ。振り向きざまに夜来を振るい鎖を弾くと、地縛は一度手元にそれを戻した。

「まぁ。貴方、後ろに目でも付いてるのかしら」

「さてな」

予想していたから防げただけだが、それを教えてやる必要もない。隣を見れば兼臣も鎖を回避し、再度正眼に構えていた。

「厄介な相手だ」

「はい。私では一太刀を浴びせることさえできませんでした」

「あれを相手取り生きているだけで、お前は十分に強い」

戦っている最中ではあったが、簡素な慰めに兼臣は少し頬を緩めた。

「休んでる暇なんてあるのかしら？」

地縛が言い放つと同時に空気が唸りを上げる。しなる二本の鎖は、直撃すれば簡単に肉を裂く痛烈な鞭打《べんだ》だ。

〈疾駆《しっく》〉。初速から最速を超える、人には為し得ない速さをもって掻《か》い潜《くぐ》る。瞬《まばた》きの間に間合いを潰して攻めるが、残る四本の鎖が盾になり防がれてしまった。

「あっと、今のは、少し危なかったわね」

あの鎖を断ち切るのは難しい。無表情で鎖の盾の奥にいる女を見据えると、地縛には少しの怯《おび》えが見えた。この距離まで肉薄されたのは初めてだったのかもしれない。冷や汗を流し、けれど防げたと安堵まで顔に出している。

「休んでいる暇があるのか？」

刀は囮《おとり》だ。地縛の細い体、その脇腹に蹴りを叩き込む。

「やぁっ⁉」

地縛は焦りに顔を歪め、たたらを踏みながら蹴りを鎖で受けつつ後退する。

だが逃がさん。間合いから外れていく鬼女を睨み〈飛刃《ひじん》〉を放つ。目的はあくまで捕縛のため、殺してしまわないよう腕を狙う。

しかし追撃も通らなかった。腕を一本もらっておくつもりが、いつの間にか手元に戻っていた二本の鎖に阻まれる。

「あっ、う」

覚束ない足取りで、よろよろと体を揺らしながら、地縛はどうにか距離を取った。反応しただけ上等だが一拍遅い。自慢の鎖でも完全には防ぎきれず、彼女の着物の袖口はわずかだが破れ、白い肌には鋭利な刀傷がついていた。

〈疾駆〉の尋常ではない速度や飛ぶ斬撃を見た兼臣が眉を顰《ひそ》める。

「今のは。あぁ、貴方様は鬼、でしたね」

「その通りだ」

鬼の力を晒《さら》すことに抵抗はなかった。以前ならもう少し気に病んでいたが、今は鬼であっても受け入れてくれた者達がいる。なにより彼女は染吾郎の紹介だ、背景を知らなくても信用ができた。

ちらりと横目で兼臣の顔を覗き見れば、彼女は何かを訴えようとして、途中で思い直したように言い淀む。

「いえ、葛野様が何者であろうと、私に助力してくださっているのは事実。ならば今はそれを信じます」

本心か、自分一人では地縛に勝てないという打算かは分からない。しかし彼女はこちらの事情を飲み込んで力強く頷いた。これで地縛に専念できる。

「さて、続きといこう」

一歩を踏み出し、動揺の抜け切らない地縛を睨む。冷静な態度を作ってはいるが、内心は波立っている。あれは厄介だ。優勢を保ってはいるが、その実、甚夜はかなりの危機感を抱いていた。兼臣が負けたというだけはある。まさか二つの異能を行使して捕えられないとは思っていなかった。

正直なところ地縛は強くはない。土浦のように練磨された体術を持たず、〈同化《どうか》〉の鬼のように優れた膂力《りょりょく》もなく、岡田貴一《おかだきいち》のようにそれらを覆《くつがえ》すほどの技もない。今まで相手取ってきた鬼を考えれば、その実力は高いと言えるようなものではなかった。だというのに結果はこの通り。掠《かす》り傷を負わせた程度で地縛はいまだ健在だ。

立ち振る舞いから想像するに、地縛は実戦経験が少ないのだろう。それでも縦横無尽に振るわれる鎖は、並みの使い手ならば一瞬で沈む程に苛烈である。地縛の練度が低いため鎖を操る力も現状は多少面倒な程度だが、経験を積んで状況に合わせた最適な力の行使を会得すれば、この上ない脅威となるだろう。今ならばまだこちらに分がある。

夜来を握る手に力が籠《こも》った。先は分からないが、今度こそ仕留める。

故にこの機は逃さない。もう一度〈疾駆〉を使い、今度こそ仕留める。

腰を落として全速で駆け出そうとするが、どこかで聞いた舌ったらずな声が甚夜の足を止めた。

「ね、言った通りでしょう?」

地縛を視界に止めたまま周囲に意識を向ければ、すぐに一つの小さな影が見つかった。五条大橋の欄干《らんかん》に誰かが腰を下ろしている。たったそれだけなのに、心が軋《きし》んだような気がした。

「あの娘はいったい」

一度会っただけで思い入れはないはずなのに、兼臣の呟きに何も返せないくらい甚夜は動揺していた。そこにいたのは、つい先日見たばかりの青い着物の娘だった。

「向日葵」

「こんばんは、おじさま。先日はありがとうございました」

欄干に座ったまま、夏の花の笑顔を浮かべて童女が言う。何の変哲もない挨拶が、この場ではひどく歪《いびつ》に映る。

「さすが、おじさまですね。まさか妹が、ここまで追いつめられるなんて思ってもみませんでした」

「妹だと？」

「はい、地縛は私の妹です。見えないかもしれませんけど、私、長女なんですよ」

冗談めかした彼女の物言いに、なぜか納得してしまった。鬼の跋扈《ばっこ》やマガツメ。それに従う地縛と姉を名乗る向日葵。細切《こまぎ》れだった情報が噛《か》み合っていく。

「なるほど、この前の鬼はお前を襲うために囲んでいたのではなく――」

取り囲まれていたのではなく、鬼達は向日葵に従っていた。年端《としは》もいかぬこの娘こそが中心だったのだ。

「はい、あの子達は母からの預かりものです。でもですね、勘違いでしたけど、おじさまが私を心配して助けてくださったのは本当に嬉しかったんですよ」

その言葉は本心なのだろう、彼女は確かに嬉しそうに顔を綻《ほころ》ばせていた。彼女の仕草は無邪気に感じられて、だから余計に気が重くなる。

「母、というのは」

予想がついているのに問うたのは認めたくなかったのかもしれない。叶うならば、否定して欲しかった。しかし、現実はいつだって思うようにはならない。

「ああ、まだ伝えていませんでしたね」

向日葵は、宝玉のような緋色《ひいろ》の瞳でにっこりと笑った。

「私の母はマガツメと申します」

4

マガツメの娘を名乗る鬼女、向日葵は欄干から飛び降りて地縛の傍らまで歩み寄る。見た目は年端もいかない女童だが、身のこなしは実に軽やかだ。彼女が人でないのは明白だった。

「大丈夫ですか？」

「ええ、姉さん」

先程までの動揺から立ち直った地縛は、端正な顔を能面のように変え、虹彩《こうさい》のない瞳でこちらを見た。

腕にかすり傷を負った程度で動揺する。地縛は異能こそ厄介だが、本人はその程度でしかない。しかし仄暗《ほのぐら》い瞳には妙な迫力があった。

「だから言ったでしょう？　おじさまは強いんです」

「本当、姉さんの言う通り。正直、あの男を捕えられる気がしないわ」

「それなら」

地縛に身を屈《かが》めさせ、向日葵はなにやら耳打ちをする。戦いの場だというのにどこかのんびりとしていて、傍目《はため》から見れば妹が姉に内緒話を聞かせているようだ。もっとも妹なのは地縛の方らしい。それは事実らしく、抵抗せず向日葵に従っている。

「そう……いいわね、それ」

聞き終えると納得したように頷き、鬼女はにたりと嫌な笑みを浮かべた。兼臣と同じ顔立ちをしていても受ける印象はまるで違う。美しいと呼べるだけの容姿でありながら、だからこそ彼女は気味が悪い。

今度は向日葵が甚夜を見詰め、こちらは鮮やかな笑みを咲かせる。それと同時に六本の鎖が再度動き出す。金属のこすれ合う音を響かせながら、鎌首をもたげてこちらを狙っていた。

「おじさま。ここからは姉妹で行かせて頂きますが、よろしいでしょうか？」

「好きにしろ」

兼臣に目配せをすれば黙って頷く。

仕切り直しだ。肺を冷たい空気で満たし、心を鎮める。相手が誰であろうと為すべきを為す。向日葵を敵として認めよう。

「では、始めましょう」

向日葵の一言に鎖が蠢《うごめ》いた。甚夜と兼臣に二本ずつ、計四本の鎖が飛来する。躱して弾くが、鎖は軌道を変えてすぐさま襲い掛かってくる。ちらりと横目で見れば兼臣も苦戦しているようだ。

甚夜の剣は幼い頃に学んだ剣術が下地になってはいるものの、そのほとんどが実戦によって磨かれた我流だ。対して兼臣の剣は足捌き、打突《だとつ》共に基本に忠実な、正統な剣術である。しかし応用に欠けるというわけでもなく、人にできる範囲で鬼にも匹敵するほど、道場剣術を実戦向きに扱っている。

「くっ……」

だからこそ地縛とは相性が悪い。剣術はあくまで対人の技巧だ。四肢《しし》をもって戦う鬼ならばまだしも、縦横無尽に襲い来る鎖はやりにくいのだろう。

それは甚夜も同じ。さすがにこんな相手との戦いは初めてだ。後ろには向日葵も控えている。地縛の姉というならば、あの娘もまた力を得た高位の鬼である可能性が高い。地縛に手間取っていれば状況は不利へ傾く。多少の無茶は承知で現状打破に動かなければいけない。傷は覚悟の上、無理矢理に突っ込んででも距離を詰める。

甚夜は鎖を弾き、次撃が来るまでのわずかな合間を縫って走る。一気に踏み込み、しかし鬼女は余裕さえ持った態度でそれを眺めていた。なぜか彼女達は笑っていた。

「今です」

無邪気な声に呼応して、地縛が左手を空に翳《かざ》す。すると先程まで甚夜を狙っていた鎖が手元に戻った。次の瞬間には唸りを上げ、風を切って猛《たけ》り狂う。鞭のように蛇のように鎖が振るわれた。ただし、六本全てが兼臣を狙っている。

一瞬、思考が真っ白になった。

まずい、いくらなんでも、あの全てを捌くなど彼女にはできない。

「おじさまは、目の前で傷付こうとしている誰かを見捨てるような人ではありません。ですから、捕えようと狙う必要はないんです」

ああ、お前の言う通りだ。以前ならばまだしも、江戸での生活で大切なものを得てしまった今では、目的のために全てを切り捨てられるほど強くはなれない。

「あの女性を狙えば、自分から当たりに来てくれます」

甚夜はほとんど無意識のうちに兼臣の元へと向かっていた。

〈疾駆〉。彼女をかばうように立ち、襲い掛かる鎖と真っ向から対峙《たいじ》する。相手の策略と理解しながら、猛撃の前に身を晒《さら》すしかない。

「葛野様っ」

襲い来る鎖を夜来で薙《な》ぐも、一つ防いだところで次から次へと鎖が降り注ぐ。その状況に合わせた最適な力の行使を会得すれば、地縛はこの上ない脅威となる。その想像は現実のものとなった。地縛の異能を有用に動かす頭が付いた。それだけで一気に劣勢へと追い遣《や》られる。避けても退いても兼臣が討たれる。親しくもない相手だが、見捨てる道を選べない。我ながら難儀な男だと甚夜は舌を鳴らした。

一本、二本、三本、近付く鉄球を斬り付けても鎖の部分がたわむだけで、すぐに元へ戻って再度攻撃を仕掛けてくる。多角的に放たれる猛攻を一つ一つ叩き落としていく。だが、手数が足りない。

「捕まえた」

地縛が嘲笑《あざわら》う。ひたすらに弾いても防ぎきれず、いつの間に忍び寄った鎖に左足を搦《から》め取られていた。

「づっ……⁉」

鎖が急激に熱を帯びて肌を焼いたかと思えば、足に巻きついていたはずの鎖は消えていた。

猛攻が止んだ。地縛は先程の動揺など無かったことにして悠然と構えている。

「何をした」

「さぁ？」

睨み付けるも、鬼女はにたにたと余裕の笑みを見せる。動きを止めた甚夜に追撃もしかけてこない。よく理解はできないが、おそらく異能の力を受けた。手傷こそ負っていないが、自身の優位を確信するだけのなにかが地縛にはあるのだ。

そこまで考え、余分な思考を捨てる。推測を重ねても答えが出ないなら、あの鬼女を取り押さえた方が早い。

一気に距離を詰め、袈裟《けさ》懸け。刃を返し、峰《みね》で地縛を打ち据える。

「あら、残念」

打ち据える、つもりだった。なのに足が動かなかった。違う、〈疾駆〉が発動しなかったのだ。

一瞬の困惑、それがいけなかった。気付けば目の前に鎖が迫っていた。

「ちぃっ」

迂闊《うかつ》だった。戦いの最中に呆けるなど、自分の愚かさに嫌気がさす。すんでのところで鳩尾《みぞおち》を狙う鎖を弾き、地縛に目を向ける。

「不意を打っても当たらない、ほんと厄介。でも、〈地縛〉で……ようやく貴方を捕まえたわ」

女は勝ち誇っている。

やられた。絶対の自信に、これが地縛の異能の正体だと理解する。〈地縛〉は鎖を操る力などではない。鎖の具現・操作はあくまで余技に過ぎず、その本質は縛ること。

「貴方の速さを縛った」

〈疾駆〉を縛られた。加えて鎖が襲いかかり、背には変わらず兼臣がいる。これでは先程の繰り返しだ。

「悪い、兼臣殿。退いてくれ」

小刻みに刀を振るって鎖を逸《そ》らしながら、できるだけ静かに言い聞かせる。

「無理ですっ。足が、動かないのです」

返ってきたのは歯噛みするような嘆きだった。それごと打ち砕くように鉄球が飛来する。兼臣に意識を割いた分、一瞬反応が遅れた。右腕を精一杯伸ばして払うも巻きつく鎖が肌を焼く。

「飛ぶ斬撃も厄介ね。縛っておくわ」

今度は〈飛刃《ひじん》〉を封じられた。

まずい、このままではやられる。兼臣を左腕で脇に抱え、無理矢理に後ろへ飛ぶ。十分に距離を取って腕の中にいる女に目をやれば、悔しそうに顔を歪めていた。

「すみません、足手まといに」

兼臣には傷一つない。ただ、着流しから覗く彼女のすらりとした足には、鎖の模様をした刺青《いれずみ》があった。自身の右腕を見れば、そこにも刺青がある。見てはいないが左足も同じだろう。

「〈地縛〉」

闇に沈む京の町。五条大橋に佇《たたず》む鬼女は、不遜《ふそん》にこちらを見下ろしている。その周りには三本の鎖がゆらゆらと揺れていた。

「鎖一本につき、何か一つを制限する力か」

おそらく〈地縛〉は縛るという言葉の範囲内ならば、異能でも行動でも無効化できるのだろう。

「そう。これで貴方の勝ち目はないわよ」

鬼女はせせら笑う。

傷を負った程度でうろたえていた割に、随分と上から見てくれるものだ。

「お前は阿呆だな」

「なんですって」

呆れたように溜息を吐けば、簡単に挑発に乗ってくれる。異能に反して本人は与《くみ》しやすい。これならまだ付け入る隙はありそうだ。

地縛の存在を意にも介さず、まるで散歩でもするかのような気楽さで近付く。それが気に障ったようで、激昂《げっこう》と共に三本の鎖が放たれた。

「っ⁉　駄目です！」

向日葵が叫ぶ。しかし止まらない。兼臣は既に間合いの外、鎖は全てこちらに向かってくる。こうも思い通り動いてくれるとは、まったくありがたい相手だ。

甚夜は夜来を振るい、近付く鉄球を薙ぎ払う。力を封じられても鎖の数が減ったのだから、防ぐのはむしろ楽になった。そして鎖の数が減ったのならば、地縛は自身の防御に鎖を回す余裕もない。向日葵が止めたように、三本の鎖で受けに回っていれば攻めあぐねた。しかし攻撃に全ての鎖を使った今、追い詰められたのは地縛の方だ。

〈隠行《おんぎょう》〉。風景へ溶け込むように甚夜の姿が消える。

「え？」

突然、姿が消えたせいで地縛はぽかんとしている。動きを止めたまま辺りに視線をさ迷わせていた。

地縛は力が使える以外は、そこいらの娘と変わらない。正直に言えば心情的にはやりにくい相手だが、手加減はしない。一瞬顔を覗かせた弱音を捻《ね》じ伏《ふ》せ、間合いを詰める。

「目の前にいます！」

向日葵が叫ぶ。何故分かったのか、疑問に思ったが動きは止めない。弾いた鎖がもう一度振るわれるが、こちらの方が速い。先程の交錯で地縛自身の技量が低いのは立証済み、今さら回避も防御も不可能だ。

「いっ、あう……⁉」

地縛の腹部に一閃。峰打ちとはいえ、渾身《こんしん》の横薙ぎが突き刺さった。

体はくの字に曲がり、膝が折れる。遅れて届いた鎖をいなし、首を垂れる彼女に切っ先を突き付けようとするも、じゃらりと鎖が鳴った。頭部に目掛けて放たれたそれを後退して躱す。その隙に体を無理矢理起こした地縛が、こちらを睨みつける。

「退きましょう」

「でもっ」

「貴女はまだ、お母様の命を果たしていない。ここで散ることは許されません」

もはやこれまでと悟ったのか、向日葵は冷たく言いつけた。

「うっ、わ、分かってるわよ」

地縛は悔しそうにしていたが、傍へ寄りそう姉に反論しなかった。ここからの逆転はないと彼女自身分かっているのだ。

「ではおじさま、申しわけありませんがここで失礼致します」

「向日葵よ、悪いが逃がさんぞ」

後を追おうと一歩踏み込む。

邪魔をするように、鎖は不規則な動きでこちらへ襲い掛かってくる。

正面、体を捌き進む。

袈裟懸け、身を屈め掻い潜る。

地を這い、顔を目掛けて跳ね上がる。立ち止まり夜来を振り下ろす。

三本全てを躱し切った。これで向こうに手立ては残っておらず、〈疾駆〉を使えなくても地縛や向日葵よりはこちらの方が速い。全速で走り、逃げる二体の鬼へと追い縋《すが》る。しかし、追跡はすぐに中断された。

「後ろっ」

兼臣の声に振り返るよりも早く、鉄球が背中を殴り付けた。

「がっ……!?」

衝撃が走る。体勢を崩しそうになるもどうにか耐え、背後から再度襲い掛かる鎖を叩き落とす。

向き直り地縛を再び追おうとした時、既に彼女達の姿はなかった。

「逃げられた、か」

五条大橋から眺める京の町は、川の流れが聞こえるほど静まり返っている。足音はない。今からでは追いつけないだろう。

「葛野様」

先程まで動けなかった兼臣が近付いてくる。見れば足から鎖の刺青が消えていた。どうやら四本目の鎖は、彼女を縛っていたものらしい。

「すみません」

「いや、気にするな。これは私の失態だ」

足を引っ張ってしまったと思っているのか、兼臣はひどく沈んでいる。彼女を責めるつもりはない。沸き上がる怒りは自身へ向けられたものだ。

地縛の立ち振る舞いを思い返す。強さで言えば、土浦や岡田貴一の方が遥かに上。脅威と感じるような相手ではない。しかし地縛は〈力〉一つで身体能力の低さ、体術の未熟、経験差を引っくり返してみせた。勝利の目はいくつもあった。それを拾い切れなかったのは己の未熟だ。慢心していた。あの程度の鬼に後《おく》れは取らないという自負が、増長がこの敗北を生んだのだ。

「マガツメ、か」

敗北を噛み締め、鬼女の後ろにいるであろう存在を思う。

――マガツメ様の命に従い、人を狩っております。

地縛はそう言っていた。マガツメと呼ばれる存在が人に仇なすならば、いずれ相見《あいまみ》えることもあるだろう。その娘を名乗る地縛や向日葵とも。

柄《つか》を握る手に力が籠る。これ以上の無様は晒さないと固く誓い、しかし何故か胸に一抹の寂しさが過った。


「ありがとうございました」

暖簾を潜った客に一礼。愛想笑いさえしない店主だが、常連にとっては慣れたもので特に気にした風もなく店を出ていく。昼食時は賑わいを見せた店内もそろそろ落ち着きを見せ始め、客足もまばらになってきた。最後の客を送り出し、ようやく夕方まで人心地といったところである。

一夜明けて、甚夜は蕎麦屋の店主としていつも通り店を開けた。しかし、働きながらも頭にあるのは昨日の出来事。屈辱の敗戦が脳裏を過る。

五条大橋に出る鬼。その討伐は結果として失敗に終わった。地縛を捕えられず、向日葵の言う「お母様の命」とやらが何だったのかも分からず仕舞いだ。何一つ得た物はなく、それどころか〈疾駆〉と〈飛刃〉は封じられたまま。頭が痛くなるほどの失態だ。

そしてマガツメ。あれ程の異能を持つ鬼の母なら、おそらく並みの相手ではない。向日葵の言から想像するに明確な目的を持って動いているようだ。嫌な気分になる。狙いは分からないが、およそ真っ当なものではないだろう。

「まったく、儘《まま》ならぬな」

暗い気持ちで溜息を吐くと、見計らったように出かけていた野茉莉が学校から帰ってきた。店に入ると真っすぐ父の下へ駆け寄り、様子がおかしいのを察して心配そうに声を掛けた。

「父様、どうかした？」

「いや。なんでもない。野茉莉、どうだった？」

「うん、今日は算術と手習《てならい》をやったよ。早く覚えてお店を手伝うね」

嬉しいことを言ってくれる。沈んだ心地も自然と薄れて、甚夜は軽く愛娘の頭を撫でた。

「疲れただろう」

「へへ、これくらい大丈夫だよ」

「ならいいが。一段落ついたし、一緒に茶でも飲むか？」

「えっ、いいの？」

嬉しそうに顔を綻ばせるが、すぐに戸惑ったような表情へと変わる。野茉莉の視線は、店内に一人だけ残っていた女性へ向けられていた。

「どうかしたか？」

「まだお客さんが」

女はこちらを気にせず蕎麦を食べている。野茉莉は遠慮がちに目配せをする。上目遣いで見てくる愛娘の頭を優しく撫でて、甚夜は「気にしなくていい」と穏やかに言った。

そもそも最後の客は既に送り出した。彼女は客ではないのだ。暗にそう言っても女はどこ吹く風だ。蕎麦を食べ終えると、空になった丼を甚夜へ差し出した。

「次はかき揚げ蕎麦をお願いします」

「おい、三杯目はそっと出せ」

「ですが前金で六十円、お金は十分払っていますよ？」

「だとしても食い過ぎだ。というか、何故まだうちにいる」

女は昨夜の依頼人、兼臣だった。彼女はまだ鬼そばにいる。その上既に二杯の蕎麦を食べ終え、さらに追加注文しようというのだから、文句の一つも言いたくなるのは仕方ないだろう。

「葛野様は鬼の討伐を生業としている。ならば、いずれマガツメと見《まみ》えることもあるでしょう。それは事実だ。それに、今や貴方様にも地縛を追う理由があるのでは？」

「確かに。だが、お前がここにいる理由にはならん」

〈疾駆〉と〈飛刃〉は地縛によって封じられた。ならば地縛を討てば戻るかもしれない。鬼の討伐は依頼だけが理由ではなくなっていた。

「貴方様が地縛を追うのでしたら、私も住まわせてもらおうかと。そうすれば地縛の情報を得られますし――」

案外、向こうの方から襲ってきてくれるかもしれません。

冗談にもならないことを綺麗な笑顔で言う。昨夜のしおらしい態度はどこへ行ったのか。口調とは裏腹に随分と押しが強い娘だ。繊細な、という感想は覆さなくてはいけないかもしれない。

「父様、どういうこと？」

若干不機嫌な顔で野茉莉がこちらを睨む。

「同じ目的を持っているのですから、私がいても問題はないでしょう。足手まといにならぬよう腕を磨きますし、お店の方も手伝わせていただきます」

「年頃の娘が男の家に転がり込むなど、認められるわけがないだろう」

「ですが、葛野様は私の依頼を受けてくださいました。前金も払っている以上、私は依頼人。従え、とまでは言えませんが、多少の無理は受け入れてもらえませんか？」

思わず言葉に詰まった。

彼女は既に六十円という大金を払っている。ついでに言えば、甚夜は地縛の討伐に失敗しているのだ。立場が弱いのはこちらの方である。兼臣は、おそらく昨夜の戦いから甚夜ならば地縛を討てると判断した。であれば依頼を取り下げるような真似をするはずがない。今さら金を返すと言っても兼臣は受け取らないだろう。

「いかがでしょう」

兼臣が優しげな表情を見せながら小首を傾げる。

詰《つ》みだ。押し黙り、厨房で淡々と作業を始める。そうしてでき上がった一杯の丼を彼女の前に置く。

「……かき揚げ蕎麦、おまち」

「つまり、認めてくださるということですね」

してやったりとでも言わんばかりの満面の笑顔だ。その反面、野茉莉は完全にふくれっ面だ。

考えてみれば、分からないと言えばマガツメだけでなくこの兼臣もそうである。この女が何者なのか、何故地縛と同じ顔をしているのかも分からない。

「これも美味しいです」

じっと見つめていると、甚夜の視線に気付いたようで兼臣は少しだけ口元を緩めた。分からない点は幾つもある。しかし悪い人間ではなさそうだ。

軽く溜息を吐きながら、甚夜は少しの間宿を貸すくらいなら、と自分を納得させることにした。

鬼の跋扈、マガツメと呼ばれる存在。京では闇の中で何やら得体の知れないものが蠢き始めていた。それはそれとして、甚夜の暮らしはあまり変わらない。普段は蕎麦屋を営み、裏では鬼を討ちながら毎日を過ごしていく。

ただ、それでも変わるものもある。

「ふう」

ようやく満足がいったのか、兼臣はゆったりと口元を拭う。邪気のないその仕草に、甚夜は毒気を抜かれたような気がした。

「では、これからもよろしくお願いします」

こうして二人静かに暮らしていた鬼そばには、よく分からない居《い》候《そうろう》が増えた。

余談　林檎《りんご》飴天女抄《あめてんにょしょう》

1

むかしむかし、雲の上の天の国には、七人の美しい天女の姉妹が住んでいました。天女達は天の神様の娘で、彼女達の仕事は白く美しい布を織ること。この布からつくられた羽衣をまとえば、誰でも空を飛べるのです。

ある日、姉妹のうちの一人が水浴びをしたいと思い、彼女は羽衣に身を包んで地上へと降り立ちました。

さて、所変わって地上では、ある一人の若者が暮らしていました。

両親を早くに亡くした若者は、鍛冶の村で一匹の子狐と共に細々生活しています。この子狐は近くの森で怪我をして倒れていたところを若者が拾ってきたもので、以来若者を慕い彼の家に住み着いていました。

ある夜のことです。床に就こうとしていた若者に向かって、子狐は人間の言葉で言いました。

『ご主人様、明日は美しい天女が水浴びに地へと降りてきます。彼女の羽衣を盗んでしまえば、天女は天へ戻れず貴方の妻になるでしょう』

突然人の言葉を喋《しゃべ》ったことに若者は驚きましたが、長く一緒にいるせいか、怖いとは思いませんでした。そして子狐に従い、教えられた川のほとりで天女が現れるのをじっと待ちました。

するとどうでしょう。子狐の言った通りに見目麗《みめうるわ》しい少女が空から降りてきたではありませんか。天女は羽衣を脱いで近くの木にかけ、水浴びを始めます。

これは好機。若者はこっそりと木に近付き、羽衣を盗んでしまいます。

水浴びを終えた天女は、羽衣を奪われてしまったことに気付き、さめざめと泣きながら若者に懇願します。

『お願いです、羽衣を返してください。それがないと私は天へと帰れないのです』

しかし若者は聞きません。それどころか天女の目の前で羽衣を燃やしてしまいます。

泣き崩れる天女に若者は言いました。

『私は貧乏ですが、貴女のために一生懸命働きます。ですからどうか、私の妻になってください』

空へ還る術《すべ》を失くした天女には、もとより選択肢などありません。だから天女は仕方なく、若者の妻になりました。

でも、それほど不幸ではなかったのかもしれません。若者は必死になって働きました。その姿を傍で見続けた天女は少しずつ若者に魅《ひ》かれていきます。

しばらくの後には天女も彼を認め、互いに好き合うようになりました。

こうして天女は真実、若者の妻となったのです。

河野出版社　『大和流魂記《やまとるこんき》』狐の鏡より抜粋

……見上げれば晴れ渡る空、澄み切った青は今も変わらずそこにある。けれどいつか飛んだあの場所は遠くて、届かないと知りながら地上の天女は空を見る。

どれだけ願ったとしても空へは帰れない。若者の妻、今では異郷で与えられた望まぬ称号だけが彼女の居場所だ。それを受け入れなければ生きていけないと知っている。

懐かしい天への想いだけを置き去りにして彼女は地に縛られた。

それでも緩やかに歳月は流れる。

恋慕に搦《から》め取られて帰る術を奪われた天女は、いつの頃からか泣かなくなった。初めは無理矢理だった若者の妻という立ち位置にも慣れ、悪くないと思い始めていたのかもしれない。

毎日は慌ただしく過ぎ、そして不意の暇《いとま》に天を仰ぐ。

遠い青を見詰めて彼女は気付く。いつだってそこにあるのに、空を見上げることは少なくなった。過ぎる日々の中で天を自由に舞う自分さえ忘れてしまったのだ。

こうして天女は飛べなくなった。

さて、憎むべき若者に恋をした彼女は、果たして何に囚われていたのだろう。

彼女を繋ぎ止めていたもの、彼女が繋ぎ止められたもの。

地に縛られたのは体か。あるいは飛ぶことを忘れた心だったのか。

◆

２００９年８月。

なんだか、とても珍しいものを見た。

「ああ、みやかか」

夕方、道端で偶然クラスメイトと出会った。高校に上がる一か月ほど前に知り合い、以後もそれなりに交友を持って今では多分クラスで一番仲のいい男子だ。

友達かどうかはちょっと分からない。勿論嫌いじゃないし、向こうも私に悪い感情は持っていないはずだ。お世話になっているし、たくさん感謝もしている。ただ、オカルトな事件に巻き込まれる度に助けてもらってばかりいるから、臆面なく友達と言うのは少し気後《きおく》れしてしまう。なんというか、彼が好意的でいてくれるのは間違いないけれど、「手のかかる可愛い子供」くらいに思われているんじゃないだろうか。

「あれ、その格好」

それはそれはとして、私は彼の格好に驚いた。普段は学生服か、ジーンズとシャツのラフな格好しか見たことが無い。でも、今の彼は浴衣《ゆかた》を着て、夕暮れの町並みを堂々と歩いている。しかもやけに似合っていて、まるで時代劇のワンシーンかというくらいのハマり様だ。

「見ての通りだが。今日は神社で縁日があるだろう？」

今日は八月の十五日、うちの神社のお祭りの日だ。昨日から道路の方までテキ屋さんが入って神社は大賑わい。夏休み後半のイベントとして楽しみにしている人も多い。

「うん、そうだけど。行くの？」

「ああ。君は？」

「行くっていうか、私は手伝う側だから」

いつきひめとして、雑事にてんやわんやで縁日は楽しめない。お母さんは「別に手伝わなくていいのよ」って言ってくれるけど、毎年忙しそうにしているのを知っている。だから少しくらい楽をさせてあげたかった。

「でも、なんか意外かな。こういうの、自分から参加するタイプとは思ってなかったし」

今までにも一緒に海で遊んだり、買い物やカラオケにも行ったりはしたけれど、基本、誘うのは私達からだった。真面目で堅物そうな彼だけど案外付き合いはよくて、誘うと結構のってくれる。それでもこういったイベントに自分から参加するとは、正直思っていなかった。

私の指摘に彼は少しだけ苦笑する。

「そうでもない。祭囃子《まつりばやし》を聞きながら呑む酒は格別だ」

「ええ。高校生の発言じゃないよ、それ」

聞いてはいけないことを聞いてしまった。でも、彼の語る通りなら年齢的には大丈夫なのだろうか。

「なんだかなぁ。じゃあ、その浴衣って縁日のため？」

「浴衣ではなく着流しだ」

その手の知識には疎《うと》く、違いが今一つわからない。

「浴衣は湯上がりや夏場の着物で、着流しは羽織や袴《はかま》を省いた略装だな」

相変わらず妙なところで博識だ。機械系は全然ダメなのに。どれくらいダメかというと、いまだにＤＶＤをビデオと言ってしまうくらいだったりする。あまり詳しくない私でも家電について教えてあげられるのだから相当だ。

「そういえば、薫《かおる》は一緒じゃないの？　あの子も縁日に来るって言ってたけど」

「ああ。今回は先約があってな」

それは残念だ。梓屋《あずさや》薫は中学時代からの親友で、高校では私と彼と薫の三人で行動する機会が多かった。彼女は縁日を楽しみにしていたから、私も彼も一緒にはいけないとなると、ちょっと申しわけなくなる。薫に甘い彼も同じような気持ちだろう。そう思って視線を送れば、何故か少しだけ楽しそうにしていた。

「へぇ。それにしても、気合い入ってるね」

「そうか？」

「うん、だってその格好。普段着で行く人だって多いのに、わざわざ着流し？　なんて」

女性は浴衣で来る人も多いけど、男性でそういう人は結構少ない。彼がここまでして縁日に臨むのは、なんとなく不思議だ。

私の問いに、彼は穏やかに表情を綻《ほころ》ばせた。落とすような、凄く柔らかい笑い方だった。

「気合いも入るさ。古い馴染《なじ》みとの、随分前からの約束だ」

そう言った彼の声は本当に優しくて、だから何となく分かってしまった。

「もしかして、女の子？」

「ああ。よく分かったな」

否定するとか照れるとか、そういう反応は全然なく、まったく平然と言ってのける。咎《とが》めるつもりはないし、別に恋人とかではないから何かを言う資格もない。でも、ほんの少しだけ引っ掛かってしまう。

「ふぅん。随分と嬉しそうだけど、可愛いんだ？」

いけないとは分かっているのに、言い方にはちょっと棘《とげ》があったかも知れない。彼はそれほど気にしていない様子だ。半目になった私の言葉に頷き、あまりにも堂々と言ってのける。

「無論だ。何せ相手は天女だからな」

冗談なのか本気なのか、わずかに口の端が吊り上がる。勝ち誇ったような彼の言い方に、思わず呆気に取られた。

それが面白かったのか、小さく笑みを落として彼は再び足を動かす。

「では、な。そろそろ行かせてもらう」

「えっ、あ、ちょ」

私がまごまごしている間に彼はどんどん歩いて行って、すぐに見えなくなってしまった。

彼は薫のことをよく「天女のようだ」と言っていた。理由は昔の知人に似ているから。その女性がまるで天女のようで、だから彼女に似た薫を天女だと形容してしまうらしい。先約というのは、件《くだん》の天女なのだろうか。だから何、というわけでもない。なのに、なんだか負けたような気がした。何に負けたのかはよく分からないけれど。

「……なんか、むかつく」

ぽつりと呟けば、答えるようにカラスがカァと鳴いた。

◆

明治五年（1872年）・八月。

事の始まりは、秋津染吾郎が持ってきた不思議な話である。

「縁日？」

「そ。七日後、荒妓《あらぎ》神社で縁日があってなぁ」

鬼そばの建つ三条通から少し外れて進むと、木々に囲まれた神社に辿り着く。古くから信仰されて今も多くの参拝客が訪れるこの荒妓稲荷《いなり》は、三条界隈では有名な神社である。

もっとも、それは信仰の対象である祭祀《さいし》施設としての知名度ではない。有名な理由は八月の十五日に行われる縁日のためだ。荒妓神社の境内は広く、当日は多くの屋台が出店して大層な賑わいを見せる。本来縁日とは神仏との有縁を尊ぶ神事だったのだが、現在では大衆が騒ぐ口実になっている場合がほとんどだ。荒妓稲荷神社の縁日も御多分に漏れず、娯楽としての意味合いが大きかった。

「野茉莉ちゃんと一緒に行ってきはったらどうや？　たまにはええやろ」

近々、縁日があるから娘さんと親子水入らずで楽しんではどうか。

聞こえはいいが、染吾郎の作ったような表情にそれが善意だけではないのだと分かる。危害を加えるつもりはなくとも何か裏があるのは間違いなかった。

「で、本当のところは？」

表情も変えずに短く問えば、待ってましたと言わんばかりに染吾郎は顔を明るくした。

「うん、君は話が早《はよ》うて助かるわ。おもろい話仕入れてきたんやけど、聞くやろ？」

毎度ながら面倒を押し付けようという話だ。もっとも、こちらにとってもありがたく、お互い願ったり叶ったりというものである。

「荒妓稲荷神社の祭神って何や知っとる？」

「稲荷神社は稲荷神を祀《まつ》っているに決まっているだろう」

「ま、そらそやな。その通り、荒妓はお狐様を祀ってんねん。ほんで、その御神体は鉄鏡なんやけど、ちょっとした説話があってな。昔この辺りに降りてきた天女を空へ帰す時に使《つこ》うたんが、この鏡なんやと」

蕎麦を食べ終えて、茶を啜《すす》りながら染吾郎は続ける。

何でも荒妓稲荷には、空から降りてきた天女と地上の男が結婚したという天女譚《たん》があるらしい。この手の異類婚姻譚は各地に残っている。さほど珍しい説話ではなく、細部は違えど天女の来訪や羽衣を奪われて地上の男と結ばれるなど、どれも似通った話だ。

「羽衣伝説か」

「そうそう。そやけど荒妓の天女譚は、他の地方とちょっと違《ちご》てなぁ。天女は羽衣を奪われて若者の妻になるんやけど、病気になってしもたんや。そやから若者自身が天へ妻を帰そうとする。その時に使《つこ》うたんが天と地を繋ぐ鏡、つまり荒妓の御神体である鉄鏡って話や」

「天女を空へ帰した鏡……」

それをただの説話とは思わない。甚夜の持つ夜来は千年の時を経てなおも朽ち果てぬ霊刀だと謳《うた》われており、事実三十年以上実戦で使っていても刃こぼれ一つない。夜刀守兼臣は鬼の血が練り込まれて特異な力を得た。

染吾郎の扱う付喪神《つくもがみ》も同じ。物であっても歳月を経れば想いを宿す。ならば御神体として崇拝を集めるものが、長い年月をかけて天と地を繋ぐ鏡に変化したとしても驚くようなことではないだろう。

「こっからが重要なところや。なんや昨日の晩、鏡が安置されとる本殿から光が漏れてきたらしいんや。それを見たっていう男の話やと人影もあったとか。荒妓の神主は賽銭《さいせん》泥棒の類《たぐい》が持ってた明かりやないかって特に気にした風やないけども。なんや、おもろそうやと思わん？」

染吾郎は、にたりと口元を吊り上げる。

「今回は別に依頼があったわけやない。せやけど、君好みの話やろ?」

鏡の真贋《しんがん》は分からないが、鬼がいるのに天女を信じない道理はない。光や人影の目撃談があるのならば、鬼にしろ天女にしろ、怪異を起こしうる何かがそこにはあるのだろう。

「確かに、面白そうではあるな。今の話、代金代わりに受け取っておく」

「あら、おおきに」

普段世話になっているのだから、蕎麦の一杯くらいはいいだろう。

奢《おご》りと分かれば染吾郎はからからと笑い、もう一杯茶を飲んでから店を出て午後の仕事へ戻っていく。

「しかし、縁日か」

天女の説話や謎の光。気になる点は幾つかあったが、縁日の方にも興味がある。そういえば、まだ野茉莉を連れて行ったことはなかった。染吾郎の言う通り、怪異を解き明かした暁には親娘で屋台を冷かすのも悪くないかもしれない。

「お待たせしてすみません。ここの神主を務めさせてもらってます、国枝航大《くにえだこうだい》です」

「これはご丁寧に、葛野甚夜と申します。三条通で蕎麦屋を営んでおります」

荒妓稲荷神社の神主、国枝航大は痩せ衰えた四十も後半に差し掛かろうという初老の男だった。

染吾郎から話を聞いた後、甚夜は店を閉めて神社を訪ねた。そこに伝わる説話と謎の光や人影について調べるためだ。神主は柔和そうな雰囲気通りの人物で、甚夜の率直な質問にも嫌な顔一つせず付き合ってくれた。

「ええ、確かにこの地方には天女が降りたいう説話が残ってます。また当社の御神体の鉄鏡は、天と地を繋ぐとも言われてます。せやけど昨日の件は、やっぱり賽銭泥棒ちゃいますかね。説話はあくまで説話。そう頻繁に起こることやないです」

神主はただの賽銭泥棒だと結論付けているらしく、あまり気にしていないようだった。

「そうですか。その鉄鏡というのは、見せて頂けぬものでしょうか」

「申しわけないですけど、一般の観覧は御遠慮させてもらってます」

神社の建築物のことを社殿と呼び、主なものに本殿と拝殿がある。人々が普段参拝する際に訪れるのは拝殿であり、御神体が安置されるのは拝殿の奥にある本殿である。本殿へ入ることができるのは、その神社の関係者のみというのが一般的だ。御神体は祭神と同一の存在ではないが、それに近しい聖なるものとして扱われる。それ故に、御神体は本殿の御扉の奥に蔵し、衆目に晒《さら》さぬのが常となっているのだ。それは荒妓神社でも同じようで、頼み込んでも見せてもらえないだろう。

「ところで葛野さんは、蕎麦屋を営んではると言ってはりましたね。どうでしょ、まだ境内に空きもありますし、縁日で屋台やってみはったらどうです」

「せっかくの誘いですが」

目を伏せ、申し出を断る。

見回せば、境内は七日後の縁日に向けて少しずつ準備が進められている。屋台を出店する者達だろう。様々な機材を持ち込んで組み立てていた。

「ん」

「どうされました」

「いえ」

今、本殿のある方、神社を囲う木々、鎮守《ちんじゅ》の杜《もり》辺りで何かが動いた。神主の方を見ても不思議そうな顔をしている。どうやら彼は気付かなかったようだ。

「何か気にならはりました？」

誤魔化すように首を横へ振る。勿論《もちろん》、見えた影は気のせいではない。とはいえ正直に伝えても止められるのが関の山だ。

「しかし、随分と賑やかですね」

「祭りの夜やともっと賑やかですよ。私はね、毎年これが楽しみで」

話を逸らすためだったが、それを受けた神主は万感といった風情で返した。若かった頃でも思い出しているのか、郷愁を滲《にじ》ませた穏やかな目をしている。

「何か思い出でも？」

「ええ、この季節になるといつも思い出します。遠い、夏祭りを」

こもる熱が先程までとはまるで違ったせいだろう。どういう意味か問おうとしたが、先んじて発された女の声にそれを掻き消された。

「あなた」

声の主はすっきりとした顎《あご》に少し線の垂れた目尻の、柔和な性格が面立ちに出た老婦人だった。

「ああ、ちよ」

「お話し中すみません、お客様が来はりました」

遠慮がちに一礼し、こちらに目配せをしながらちよは言う。どうやら神主の妻らしい。何気ないやりとりからも仲睦《なかむつ》まじい夫婦なのだと分かる。

「葛野さん、すいませんねえ。ほな、これで失礼させて頂きます」

「いえ、こちらこそお手間をかけました」

これ以上話していても得るものはないだろう。甚夜は軽くお辞儀をして、境内を離れていく二人を見送った。

不意に振り返ったちよが優しげに顔を綻ばせながら言った。

「甚夜様、何かあらはったらまたどうぞ言ってくださいい。お待ちしてます」

社交辞令ではなく、本心からそう言ってくれているのだと感じられる。

「ありがとうございます。では、私もこれで」

ちよが満ち足りた笑みを見せてゆっくりと頷く。

突然の来訪の上、不躾《ぶしつけ》な質問も多かった。だというのに神主らは歓迎の態度を崩さなかった。ああいう心の広い人間でないと神に仕えることはできないのかもしれない。

そう思うからこそ多少の罪悪感を覚える。

「済まん」

甚夜は境内から本殿の方へと移動した。先程の影が何だったのかを確かめたかった。

迂闊《うかつ》に本殿へ近づけば奇異の目で見られ、最悪の場合、官憲を呼ばれる。だから〈隠行〉を使い、姿を消して本殿の近くへ向かう。

神社は大抵の場合森林に囲まれており、これを鎮守の杜と呼ぶ。荒妓稲荷神社の周りにあるのは森林というほどの規模ではないが、それなりに木々が折り重なっていた。周囲を警戒しながら木々が作る陰へ足を進める。

がさり。

本殿の裏手に辿り着いた時、雑草を踏み締める音が響いた。

〈隠行〉を解くと同時に鯉口《こいぐち》を切り、いつでも抜刀できる状態をとる。相手はまだ気付いていないのか、無造作に歩いていた。

どんな鬼が出てくるのか。すり足で半歩進み、神経を研ぎ澄まして敵の姿を確認する。

「うぅ、ここどこ……？　ねー、いるんでしょ？　これ、絶対おしごと関係だよね？　みやかちゃんたち。お願いだから出て来てよぉ」

途端に体から力が抜けた。敵というにはあまりに緊張感のない少女の様子に、警戒した自分が馬鹿のように思える。

「なんだ、あれは」

薄水色の生地に朝顔の刺繍が入った浴衣を着た小柄な少女だった。年は十三、四といったところだろう。妙に鮮やかな赤色の紐で髪を束ねているが、他に怪しい点は特に見当たらない。

しばらく眺めていると少女の方もこちらに気付いたようで、ぱあっと表情を明るくし、まるでじゃれつく子犬のように傍へと駆け寄ってくる。

「よかった、やっぱりいたぁ。ようやく会えたよ」

彼女は無警戒に近付いてくると、なぜか驚いて凍り付いたように固まった。

「え、と。あの、え？　なんで？」

口から出てきたのは、まったく意味の分からない間抜けなものだった。

「あっ⁉」

2

幸せな日々は長らく続きました。

夫婦となった若者と天女は睦《むつ》まじいもので、二人の間にわだかまりはもうありません。言葉の通り若者は貧しいながらも一生懸命働き、天女もまたそんな若者を日々支えます。奇妙な始まりではありましたが、二人は本当の夫婦になれたのです。

けれど、終わりは唐突に訪れます。

ある日、天女は病に倒れてしまいます。心配した若者はなけなしの金で医者を呼ぼうとしますが、天女は穏やかに拒否してこう言いました。

『私は天で生まれました。ですから地上では長く生きられないのです』

天女は天の国の清浄な空気の中でしか生きられず、地上での生活は毒に浸かって生きるようなものだというのです。

『貴方と夫婦になれた。私は決して不幸ではありませんでした。けれど最後に、あの空へもう一度帰りたかった』

若者は羽衣を燃やしてしまったことを後悔しました。何とかして天女を助けてやりたいと悩んでいる時、歳月が経って大きく育った狐はまたも人の言葉で語りかけます。

『私の体を燃やし、その灰を鉄に練り込んで鏡を作ってください。その鏡は天と地を繋ぐ道となることでしょう』

それを伝えると舌を噛み切り、狐は死んでしまいます。若者は言われた通り狐の死骸を燃やし、その灰を練り込んで鉄の鏡を造りました。病床の天女に持っていくと鉄の鏡は光を放ち、天女の体は空へと昇っていきます。

『これで貴女は天の国へと帰れます』

若者の妻として死のうと決めていた天女。

しかし若者は、天に帰って生きて欲しいと懇願しました。

『ありがとう。けれど忘れないでください。たとえ天と地に分かれたとしても、私達は夫婦のままです』

そうして天女は天へと戻りました。

残された若者は神社に鉄の鏡を奉納し、以前の生活に戻りました。

ただ、奉納された後も時折鉄の鏡は光るそうです。きっとそれは、天女が地上へ遊びに来ていたのでしょう。

これが京は三条、荒妓稲荷神社に伝わる『狐の鏡』と呼ばれるお話です。

◆

「っと、これが狐の鏡。京都三条に伝わる羽衣伝説ですね」

神社から帰ってきた甚夜は、鬼そばの店内で兼臣の話に耳を傾けていた。荒妓稲荷神社に伝わる羽衣伝説を調べようと思ったのだが、兼臣が「それなら私が知っています」と語って聞かせてくれたのだ。

「すまない。しかし、よく知っていたな」

「いえ、貸本屋でこの本を借りていたものですから」

そう言って手に取った本には「大和流魂記」と書かれている。懐かしさに少しだけ鼓動が高鳴った。

「『天邪鬼《あまのじゃく》と瓜子姫《うりこひめ》』や『姫と青鬼』。『産女《うぶめ》の幽霊』『寺町の隠行鬼《おんぎょうき》』に『幽霊小路』。他にも有名無名にかかわらず様々な怪異譚《たん》を集めた説話集です。他では取り上げていないような話も載っていますし、編纂者《へんさんしゃ》の言葉も興味深いもので……どうかしましたか？」

「何でもない」

咄嗟《とっさ》に誤魔化したが不思議な気分だった。なにせ甚夜が大和流魂記の名を聞いたのは、野茉莉の母である夕凪と過ごした虚構の一日の中である。だからその書物も夢の一部で、実際には存在しないものだと思っていた。しかし、こうして現実で目にする機会を得た。その事実に困惑し、同時にあの一日の全てが嘘ではなかったのだと知れて、ほんの少し報われた気がした。

「それならいいのですが。すみません、話が逸れましたね。葛野様が知りたかった天女譚は、この『狐の鏡』で間違いないかと。ところで、そちらは？」

兼臣がちらりと横目で見た先には、先程鎮守の杜で出会った少女がいる。

「ど、どうも」

急に視線を向けられた少女は、戸惑いながらも少し硬い愛想笑いを浮かべた。行く当てがないというから鬼そばに連れてきたはいいが、兼臣にはまだ何の説明もしていない。お互いに何者か分からず、距離を測りかねているようだった。

「兼臣とお呼びください。お名前を頂戴《ちょうだい》しても宜しいですか？」

「初めまして。私は、えぇと。あれ、こういう時って普通に答えていいのかなぁ」

挨拶するにも少女の態度は曖昧で、ぶつぶつと何事かを呟いてそのまま黙ってしまう。応対に困った兼臣が助けを求めるようにこちらを見たため、甚夜は彼女の正体を端的に語った。

少女は天女だ」

「はい？」

少女達の声が重なる。兼臣は何を言っているのだという訝《いぶか》しげな表情をし、少女は天女と呼ばれて顔を真っ赤にして、二人とも甚夜の方をまじまじと見ている。しかし他に言いようがないので仕方がない。

「だから、彼女は天女だ」

甚夜はもう一度、きっぱりとそう言った。

◆

時間は戻り半刻程前。奇妙な少女は目を白黒させて甚夜を見ていた。

「え、と。あの、え？　なんで？」

「なんで、と言われてもな」

「え、でも。え、えぇ？」

挙動不審だが警戒心は湧かない。この少女は明らかに人であり、武術を修めたようにも見えなかった。それでも不測の事態に備えて左手は夜来にかけたまま、いつでも抜刀できる状態を維持する。

「さて。とりあえずは名乗っておこう。私は葛野甚夜だ」

「えっ、どうして今さら自己紹介？」

「今さら？」

「え？」

少女の返答は要領を得ず、どうにも話が噛み合わない。向こうも同じようで、しきりに首を傾げている。

「よく分からんが、まあいい。済まないが、少し話を聞かせてもらいたい」

「う、うん。あ。でも、その前に私も聞かせて欲しいことがあるんだけど、いい？」

頷いて見せると、少女はおずおずと遠慮がちに問い掛けた。

「なんで、そんな格好してるの？」

言われて甚夜は自分の衣服に目をやった。黒の羽織に灰の袴。糊《のり》はきいているし、着崩れた様子もない。帯刀はしているが、明治に時代が移った今でも時折そういう武士崩れは見かける。別段おかしなところのない、普通の格好である。

「なにか、おかしいか？」

「え、えっと。似合ってるとは、思うんだけど」

何とも微妙な乾いた笑みを零《こぼ》す。かと思えば、少女は急に大きく目を見開いた。

「あっ!?　もしかして。ねぇ。えーっと、ここってどこ、ですか?」

「荒妓稲荷神社だ」

「そうじゃなくて土地の名前というか、なんていう場所?　ですか?」

「京都、三条通だな。あと、話しにくいのなら敬語はいらない」

　窮屈そうな敬語を使いだした少女にそう言えば、「あはは、ありがと」とはにかんでみせる。そして「京都……」と反芻《はんすう》しながら何度も頷いていた。

「あともう一つ。今って、何年?」

「明治に入って五年だな」

　それで合点が言ったのか、少女は肩を落とし溜息を吐いた。

「あの、ありがと。なんとなくだけど分かった。百歳とか冗談だと思ってたけど、ほんとだったたんだ。もうこれくらいのことを簡単に受け入れられちゃう自分が悲しいよ……」

　項垂《うなだ》れる少女は何故か異様に疲れた顔をしていた。

「では、こちらからも。どうしてここにいる?」

「え?」

　ここは荒妓稲荷神社の本殿、その裏手にある茂みだ。普通ならば一般の者が踏み入るような場所ではない。こんな所にいる人間は、本殿へ盗みに入ろうとしている泥棒くらいしか思い当たらなかった。

「えーと、ね。なんで、いるんだろうね？」

少女はがっくりと肩を落として項垂れる。

「それが、いきなりバァーって光ったと思ったらいつの間にかここにいて、私もなんでこんなところにいるのか分かんないんだ」

「一応聞いておくが、家は？」

「どこにあるのかなぁ。少し見て回ってみたけど、うちの近所じゃないみたい。帰り方も分かんないや」

潤んだ瞳や沈んだ表情には演技じみたものはない。彼女が何者かは分からないが、少なくとも騙そうとしているようには思えなかった。

今の発言を鵜呑《うの》みにするならば、彼女は全く違う場所から光に包まれてここへ降り立った、ということになる。だとすれば、少女はここではないどこか——通常の手段では帰ることのできない場所から訪れた？

そこまで考えて、昨日光ったという鉄の鏡の話を思い出す。甚夜は湧き上がる突飛な考えに疑いを抱かなかった。

「本当に、天女なのか?」

◆

「それで連れてきたというわけですか」

「ああ」

結局、明確な答えは得られなかった。ただ帰る場所がないという少女を放っておくのも気が引けて、甚夜は自宅まで連れ帰ったのだ。

説明を聞き終えて兼臣は小さく溜息を吐いた。

「どう言えばよいのでしょうか。私といい彼女といい、葛野様は女性を連れ込むのがお好きなのですね」

失礼な話だ。そもそも兼臣は無理矢理ここに転がり込んだだけで、決して連れ込んでなどいない。

「それよりも葛野様は本当に彼女が天女だと?」

「さて、な。だが異郷から訪れたというのは事実だろう」

鬼そばへの道すがら、少女は物珍しそうに町並みを見ていた。服装に関しても違和を感じているようだった。異国から来たのか、あるいは全く別の異界から来たのか。

詳細は分からないが、日本の文化とはかけ離れた場所にいたのではないか、というのが甚夜の推測である。

「で、だ。天女殿」

話を振ると、顔を真っ赤にしたまま少女は言った。

「あの、葛野くん？　お願いだから、その天女っていうのやめて欲しいんだけど」

あうあうとよく分からないうめきを上げながら、必死に天女という呼び方を否定する。しかし少女はいまだ名を名乗ろうとしない。仮の名でもいいから呼称がないと話を進めにくい。

「名は名乗りたくないのだろう？」

「うん、それは。なんか変なことになりそうだし」

何故とは問わない。彼女にも理由があるのだろうし、他人の秘密を詮索するような趣味はなかった。

「そうだな。ならば、朝顔というのはどうだ」

「朝顔？」

「ここにいる間の、お前の名だ」

少女の浴衣の朝顔が鮮やかだった、それだけの理由で付けた名だ。あくまでも一時的な呼称なのだから別に構わないだろう。

「安直な名前ですね」

内心甚夜もそうは思っていたが、無遠慮に指摘されるのは引っ掛かり、憮然《ぶぜん》とした態度で返す。

「そうだな。だが、兼臣に言われたくはない」

「私は偽名というわけではありませんが」

「ぬかせ。で、それで構わないか？」

話を戻せば、少女は「朝顔。そっか、だから」となにやら合点がいったような様子で呟いている。数瞬遅れて声をかけられたことに気付いたようで、慌てて何度も頷いた。

「あ、う、うん！」

戸惑いながらも少女――朝顔は、子供らしい無邪気な笑顔を見せてくれた。

「行くところがないならば、しばらくここにいればいい」

「いいの？」

「別に構わん。他に当てはないのだろう」

自分でも予想外の、いかにもお人好しな科白《せりふ》だった。それでいいな、と兼臣に視線で確認を取る。

「私は居候の身、否応《いやおう》もありません」

反対する気は最初からなかったらしく、ほとんど間を置かずにそう答えた。そして話は終わったとばかりに席を立ち、出口の方へ向かう。

「どこに行く」

「話は終わりのようですから、出かけさせて頂きます。約束があるもので」

「約束？」

「ええ、殿方との逢瀬《おうせ》が」

随分と艶っぽい理由だ。意外過ぎる用件に黙りこくる甚夜が面白かったのか、兼臣は悪戯《いたずら》っぽく口角を吊り上げる。

「相手は葛野様に勝るとも劣らない男前ですよ」

そう言って店を後にする。その立ち振る舞いが涼やかすぎて、後ろ姿を見送るしかできなかった。

「あいつは、読めん」

本当は男との逢瀬は単なる冗談で地縛を捜しに行ったのかもしれないし、言葉の通りのような気もする。どちらかは判別がつかない。本当に読み難い女だと心底思った。

「っと、済まない、話が逸れた。それでどうする。無理にとは言わないが」

「あ、ええと」

朝顔は俯《うつむ》き、しばらくの間黙り込んだ。

今一つ決めかねているようだった。今日出会ったばかりの男が泊まっていけと誘う。考えてみれば怪しいことこの上なく、彼女が迷うのも分かる。

甚夜に他意はなかった。ただ帰る場所を失くした彼女が、行くあてもなく江戸を去って葛野に流れ着いた頃の自分を思い起こさせて、つい連れてきてしまっただけだ。泊まれというのは少女を心配したわけではなく、単なる感傷に過ぎなかった。

「本当に、いいの？　私お金なんて持ってないし」

「これでもそれなりに稼ぎはある」

「自分で言うのもなんだけど、私、怪しいよ？」

「侮《あなど》るな。寝首をかけるつもりならやってみろ」

いつもの無表情を少し歪めて不敵に笑ってみせる。

その様子を見て、少女はどこか懐かしそうな眼をした。

「あはは、やっぱり、葛野君は優しいね」

やっぱり、といった意味は分からない。けれど問う気になれなかったのは、彼女の表情が底抜けに明るかったからだろう。

「それじゃ、甘えさせてもらおうかな」

朝顔は先程までの戸惑うような硬い笑みではなく、ふうわりとした柔らかな笑顔を見せてくれた。

「また?」

夕方になって小学校から帰宅した野茉莉に朝顔がこの家に居候する旨を伝えると、あからさまに表情が曇った。

「あの、初めまして野茉莉ちゃん。ええと、朝顔、です」

まだ偽名に慣れていないのだろう、自己紹介もぎこちない。朝顔がぺこりとお辞儀をしても、野茉莉は不満げに頬を膨らませていた。

「野茉莉」

甚夜が促すと、ようやくほんの少しだけ頭を下げる。

「野茉莉、です」

目には寂しそうな色が残っていた。

「済まない、勝手をして」

「でも、父様がそう決めたなら」

この子は、そういうことが言えてしまう。結局は物分かりのいい野茉莉に甘えていたのだ。考えてみれば、最近は鬼の討伐にかまけてあまり遊んでやれていない。もう少し気遣ってやるべきだった。

「そうか。では代わりと言ってはなんだが、今度一緒に出掛けるか」

「本当？」

「ああ。今度、荒妓でお祭りがあるらしい。たまには屋台を冷やかすのも良いだろう」

「お祭り？」

途端に沈んだ顔が明るくなった。目を大きくして、先程とは打って変わった明るさで甚夜を見上げる。野茉莉はもう一度咀嚼《そしゃく》するように呟き、溢れ出る感情を抑えきれずにっこりと笑う。その様子に安堵し、愛娘の頭を撫でながら穏やかに語り掛ける。

「そうだな、せっかくだ。明日はその時に着る浴衣でも見に行くか」

「うんっ。父様、約束だよ？」

憂いは欠片《かけら》も残っておらず、野茉莉は無邪気に抱き付いてくる。

まったく現金なものだ。呆れながらもそんな娘が可愛らしく思えて、甚夜は小さく笑みを落とす。

「葛野君って、本当にお父さんだったんだね」

帰ってくる前に一応、娘がいることは伝えておいた。しかし朝顔はそれを冗談と決めつけており、からかっているのだろうと頑《かたく》なに娘の存在を信じようとしなかった。それが蓋を開けてみれば、この親馬鹿ぶりだ。親娘にとっては何気ない戯《たわむ》れでも傍《はた》から見れば反応に困るものらしい。蚊帳《かや》の外だった彼女は、なんとも微妙な顔でこちらを見詰めていた。

「だからそう言っただろう」

「そうだけど、普通に考えて嘘か冗談だって思うよ」

少女は納得いかないと唇を尖らせていた。

甚夜の外見からすればそれも仕方ない。同意すれば今度は勝ち誇ったように胸を張った。天女とはいっても彼女の表情は子供らしくころころ変わる。

「でも葛野くん。なんというか意外と親馬鹿だよね？」

「子に甘いというのは、よく言われる」

「あはは、よく言われてるんだ」

大真面目な返しに朝顔は声を出して笑う。見知らぬ男の家に泊まるのだ、なんだかんだと緊張していたのかもしれない。けれど今はもう硬さは残っていない。
朝顔は楽しそうに、憂いなど少しも感じさせず朗らかに笑い続けた。
こうして、天女は地に囚われた。
飛べなくなった彼女の理由は、甚夜には分からなかった。

3

八月九日。

ふと奇妙な違和感に目を覚ます。

寝ぼけ眼をこすり辺りを見回せば、そこは見慣れない畳敷きの部屋だった。隣では幼い女の子が眠っている。もう一つあった布団は綺麗に整え片付けられている。

「ん……」

ここはどこだろうと考え、昨日のことを思い出す。

脳裏に浮かぶ、自身の身に起こった荒唐無稽な出来事。

そうだった。なんだかよく分からないけど、明治時代に来てしまったんだ。

梓屋薫は溜息を吐いた。ここに来た原因は分からない。つまり、今のところ自分が元いた場所へ帰る手段はないということ。偶然知り合いに会えて寝床を確保できたのは不幸中の幸いだろう。

「明治時代でクラスの男の子に会いました、なんて誰も信じてくれないよねー」

思わずくすりと笑う。薫が甚夜と自分の知っているクラスメイトを繋げて考えられ

だ。

　もう一つ大きな理由は、携えていた刀だろう。彼の持っていた「夜来」は愛刀で、集落の長に託されてからずっと使い続けてきたそうだ。他人に預けたのは、後にも先にも一度しかないと直接聞いている。だから葛野甚夜と名乗った男が他人の空似でもご先祖様でもなく、彼本人なのだと理解できた。

　彼の厚意でとりあえずは助かった。だけど、いつまでもこのままは少し困る。これからどうしようかと思い悩んでいると物音が聞こえた。

　気になって寝床を抜け出して店の方まで行くと、甚夜が厨房で何か作業をしていた。見れば竈《かまど》には火が入っており、ことことと鍋が音を立てている。どうやら朝食の準備をしているようだ。

「起きたのか」

「え、と。葛野くん、おはよう」

　挨拶をしてから自分が起き抜けだったことを思い出し、薫は頬を赤く染めることになった。さすがに起きたばかりの姿を男の子、しかもクラスメイトに見られるのは、初めてではなくとも恥ずかしい。

「顔を洗いたいんだけど、どうすればいい？」

「裏の庭に小さな井戸がある。使え」

「あはは、井戸、ね……」

水道に慣れた現代人としては井戸自体に戸惑ってしまうけど、なんとかごまかして庭へ向かう。

「兼臣といい、最近の若い娘はよく分からん」

背後から聞こえた年寄り臭い呟きに、薫は思わず吹き出した。

◆

「いらっしゃいませ！」

昼時を少し過ぎ、店が落ち着いた頃を見計らって秋津染吾郎は鬼そばへ訪れた。暖《の》簾《れん》をくぐれば元気な声に迎えられる。声の主は可愛らしい少女で普通ならば気分がよくなるところだが、染吾郎は違和感に目を白黒させた。

「あら、僕、店間違《まちご》うた？」

「お師匠、間違うてないです」

この店にいる女は、野茉莉か旧知の兼臣だけだと思っていたので驚きは大きかった。

弟子の平吉も見慣れない店員に興味があるようで、ちらちらと目の端で追っていた。

「染吾郎か」

「ん、ああ、兼臣は？」

「殿方と逢瀬、だそうだ。何にする」

「うん、そやね。きつね蕎麦もらおかな。平吉は？」

「天ぷら蕎麦で」

歯切れの悪い二人をよそに、応対する甚夜はいたって普段通りだ。こうも堂々とされると間違っているのは自分達の方ではないかと思ってしまう。

ぎこちない動きで近くの席に腰を下ろす。すると先程の少女——朝顔がお盆に湯呑《ゆのみ》を載せて近付いてきた。

「はい、どうぞっ」

朗らかな、実に少女らしい笑顔だった。朝顔の浴衣で店内をちょこまかと動く姿は、小動物的な可愛らしさがある。しかし普段の鬼そばを知っているだけに、どうにも彼女の存在を奇異なものと感じてしまう。

「おおきに」

「……ども」

詰まりながら礼を口にするも、表情は軽く引き攣《つ》っていた。

「はあ、天女なぁ」

甚夜に今までの経緯を説明してもらい、染吾郎は大きく溜息を吐いた。

「世の中には不思議なことがあるもんやね」

「お前が言えたことではないだろう」

「そら、そうやな」

荒妓稲荷の鎮守の杜、光と共に現れた天女。

いかにも眉唾《まゆつば》ではあるが、よくよく考えてみれば付喪神使いも相当だ。確かに天女をどうこう言える立場ではない。だからといって鵜呑みにするほど浅慮《せんりょ》でもなく、染吾郎は作り笑いを張り付けたまま朝顔と向き合う。

単なる騙《かた》りかあやかしの一種か、あるいは怪異に巻き込まれただけの一般人か。斜めに見れば幾らでも理屈はつけられる。だが甚夜は、その真意はどうあれ、ここにいる間は朝顔を天女として扱うと決めたようだ。

「あ、あの？」

「ああ、お嬢ちゃんがかわいらしゅうて見入ってしもたわ」

「え、あ、えへへ。ありがとうございます」

甚夜には相応の信頼を置いている。彼が家に置くと判断したならば否応もない。それに褒められてはにかむ様は、少女がいかに純朴かをよく表している。悪意害意どころか騙すつもりも飾り気もない、彼女は本当にごく普通の幼気な娘だ。だからこれ以上嫌疑の視線は向けず、今度は作り笑いを外して朝顔に挨拶する。

「っと、自己紹介がまだやったね。僕は秋津染吾郎、こいつの親友や」

「だから誰が親友か」

「あはは、君は照れ屋やなぁ」

甚夜との気安いやり取りが面白かったらしく、少女はくすくすと口元を緩ませながら「あ、朝顔です、よろしくお願いします！」と多少たどたどしくはあったが元気良く返してくれた。

歳をとるとこういう純真な子供はことさら眩しく映る。

「うん、よろしゅうね。ほれ、平吉も」

染吾郎は機嫌良く一つ頷いて弟子を促したが、平吉は名乗らず、朝顔にじっとりとした目を向けていた。

「光と現れた？　なんやそれ。こいつも鬼なんちゃうか」

目には嫌疑ではなく若干の敵意が宿っている。

「あ、あの、ええっと」

先程までの和やかな空気は一気に冷えて、朝顔が気圧《けお》されるように一歩二歩後退《あとずさ》った。それでも平吉は剣呑《けんのん》とした態度を改めず睨み続けている。

「こら、平吉。かんにんな、朝顔ちゃん。こいつあほやさかい」

その態度を見過ごせず、染吾郎は笑顔のまま弟子の頭にげんこつを振り下ろす。

「いてえ⁉」

そこそこ力を込めたため、平吉は頭を押さえてうずくまり、涙目になっていた。

「なにしはるんですか、お師匠？」

「殴られた意味が分からんのやったら黙っとき」

にべもなく切って捨てると平吉は押し黙った。

慌てたのは他でもない朝顔だ。自分のせいで喧嘩になってしまうのではないかと狼狽《うろた》えてしまっている。

「えと、秋津さん？　私は別に怒ってないですから、あの、その」

「あはは、朝顔ちゃんはええ娘やね。でも僕が怒ったんは、別にこいつが君を鬼やゆうたからちゃうよ？」

「え？」

硬くなった雰囲気を和らげるためにも、大袈裟なくらい好々爺《こうこうや》を演じてみせる。

朝顔はきょとんとしていた。疑うのが馬鹿らしくなるくらい無防備だった。

「こいつはいずれ付喪神使い、いや、四代目秋津染吾郎になるかも知らん」

発言を意外に思ったのは平吉も同じらしい。未熟な弟子の反応が微笑ましく、その分口調は優しくなる。

「そやから正体が分からん程度で敵意を見せてまうような、そんな器のちっさい男やったら困るんや。清濁飲み干すくらいの器量が無いと秋津染吾郎は譲れへんよって」

正体が天女だろうと鬼だろうと笑って向き合う、そういう男でなければならない。逆に言えば、そうあれたなら秋津染吾郎の名を譲ってもいい。師としてお前を認めているのだと暗に伝えれば、平吉の目がまた潤んだ。

「お、お師匠」

「鬼を好きになれとは言わん。せやけど付喪神使いは付喪神を使う。取りも直さず鬼を使役するんが僕らや。せめて受け入れな、力になってくれへんよ？」

「それは、はい」

この子の鬼嫌いも相当だ。とはいえ納得こそしていないが反発はなかった。飯にしようと染吾郎が促せば、平吉は黙って蕎麦を食べ始める。意固地になっているが、聞く耳はちゃんと持っているのだ。

「すまんね、変なとこ見せてしもて」

「いえっ、そんな」

頭を下げられた朝顔が恐縮し、わたわたと手を振っている。そして一段落つけば今度は無邪気に笑う。ころころと変わる表情や素直な言動に疑いは欠片もなくなった。

「せや朝顔ちゃん、こいつんとこに泊まってるん？」

「そうなんです。おかげで野宿せずに済みました。ほんと助かった」

「ほうほう」

敬語は苦手なのか、ところどころ言葉は崩れる。勿論《もちろん》その程度のことは気にしない。なにせ彼女の存在は非常に面白い。先ほどの師匠の顔から一転、染吾郎はいやらしく口の端を吊り上げた。

「甚夜、えらい楽しそうにしてはるやないの」

兼臣に続き朝顔も。娘を持つ身で女二人を家に連れ込むというのは、字面《じづら》だけ見れば中々だ。浮いた話のない友人をからかう絶好の機会だった。

「なにがだ」

「いやいや、娘おるくせに二人も女連れ込むとか。やるやないの。よっしゃ、ちょい待ちぃな。今から東京行ったるさかい。そんでおふうちゃんに現状伝えてきたるわ」

「ほう、その首いらんと見える」

「冗談、じょーだんやって。本気で睨まんといてくれる？」

いつものように軽口を叩けば甚夜がこちらを睨んでくる。お互い本気ではなく、気安く小突き合う程度の応酬だ。

「おふうさんって？」

下世話な話だったが朝顔はあまり気にせず、むしろ件《くだん》の女性に興味を持ったようだった。内容が内容だけに甚夜は一瞬難しい顔をしたが、じっと見詰められて諦めたように答える。

「恩人だ。おふうには様々なことを教えてもらった。今の私があるのは、間違いなく彼女のおかげだろう」

「へえ。なんか、特別な関係の人だったの？」

「その手の艶《つや》っぽさはなかった。友人であり、姉のような。どうにも上手く言い表せないな」

自然と口元を緩める甚夜を見て、朝顔はにこにこと楽しそうにしている。まるで我がことのように喜ぶ姿には多少の違和感があった。甚夜も不思議に感じたのか眉を顰《ひそ》める。

「どうした」

「え、なんか意外だなぁって。それに親友もいるし」

「だから違うと言っている」

「またまたぁ」

初めの説明では昨日会ったばかりという話だが、それにしては親しげである。特に朝顔の方はあの強面《こわもて》相手にも物怖《ものお》じしない。見た目はただの子供にしか見えないが、なかなかどうして度胸がある。

まあ仲が良くて困ることはない。まるで友人のような二人のじゃれ合いを、染吾郎は生暖かく見守っていた。

◆

「父様、早く早く！」

小学校から帰ってきた野茉莉と共に、甚夜は三条通にある呉服屋へと出かけた。

兼臣は朝早くから「殿方と逢瀬に」出かけたまま帰ってきておらず、家では朝顔が留守番をしてくれている。おかげで今日は親娘水入らず、野茉莉は久々に父と出かけられるのが嬉しいようで、見るからにはしゃいでいた。

「そう引っ張るな」

手を繋いだまま野茉莉が走るものだから、甚夜も引っ張られて自然と早足になる。窘《たしな》めながらも口調は優しい。

心地好い陽気、すれ違う人々もどこか楽しげに見えた。

数年前の京は動乱の最中にあり、こうやって遊山《ゆさん》に出ることさえ危ぶまれたが、今では穏やかに午後の時間を楽しむことができる。本当に時代は変わったのだ。改めて甚夜は実感した。すれ違う人々の中には、携えた太刀に奇異の視線を向ける者もいる。時代はもはや刀を必要としていない。その事実をまざまざと見せつけられたような気がした。

「おこしやす」

覗いた呉服屋には所狭しと反物《たんもの》が並べられていた。陳列されている商品から上物を選べるほど着物には詳しくない。下手に自分で選ぶよりも聞いた方が確実だろうと、甚夜は店主らしき恰幅《かっぷく》の良い男に声をかけた。

「浴衣を見せて欲しい」

「浴衣ですか。それやったら長板本染中形《ながいたほんぞめちゅうがた》のものはどないでしょう。この藍染は、絹に染めるのと同じ様な細かい文様を木綿に染める技法で、これで作った浴衣は絹の着物に負けへんくらい優雅で美しゅうなります」

「どうする、野茉莉」

「父様が選んで」

　にっこりと笑う野茉莉に押されて甚夜は軽く頭を掻いた。戦いならばともかく、審美眼には自信がない。しかし娘は期待しているようで、上目遣いにこちらを見ている。

「ではその長板、なんだ」

「長板本染中形ですわ」

「その浴衣を。着るのはこの娘だ。柄は、そうだな、夕顔はあるか」

「はい、今お持ちします」

　そう言って店主は奥へ向かった。

　待つ間は手持無沙汰になり、何気なく店内を見回す。なかなかに繁盛しているようで、反物を見る老婦人から年若い娘まで年齢層も幅広い。

「お母さま、ありがとう」

「はいはい」

一組の母娘が買い物をしている。娘は何やら布のようなものを手に取って嬉しそうに笑っている。母親は買ったばかりのそれを娘の髪に結ぶ。それは朝顔が髪を縛るのに使っていた飾り布に似ていた。

「あ……」

「どうかしたか？」

「ううん、何でもないっ」

仲の良い母娘をじっと見ていた野茉莉に話しかければ、すぐさま目を逸らし笑顔で返す。そんな寂しそうな眼をして何でもないもないだろう。もう一度問おうとするが、その時ちょうど店主が戻ってきてしまった。

「お待たせしました。こちらになります」

「すまない。ところで、あれはなんだ？」

先程の娘の髪に結んだ飾り布に視線を向けて問う。元々装飾の類には詳しくないし、今まで知り合った中にあのような布で髪をまとめていた女性はいない。あれがなんなのか、純粋に疑問だった。

「ああ、あれはリボンです」

「りぼん？」

聞き慣れない言葉に眉を顰めれば、店主はすかさず解説を入れる。

「リボン言うんは、西洋から入って来た髪を結ぶための飾り布です。外国の女性はこれで髪をまとめると聞いてます。まだまだ入って来たばかりやさかい一般には浸透してませんけど、流行に敏感な御婦人方は目を付けてはるみたいです」

洒落《しゃれ》た女性の髪形といえば、髷《まげ》を結うかまとめるかくらいだと思っていた。本当に時代は変わっているようだ。これからも新しい文化が日の本には沢山入ってくるのだろう。ならば、それに触れるのも一興か。

「では、そのりぼん、リボンももらおう」

「おおきに。色はどないしましょう」

「白粉花《おしろいばな》はないか。桜色はあるか?」

「はい、では包ませてもらいます」

指示された従業員が、紙で浴衣とリボンを包む。それを見ながら甚夜はどうも奇妙な気分になった。

紙で品物を包む行為は古く「折形《おりがた》」と呼ばれ、紙が広く普及した江戸では贈りものなどを包む様式として普及していた。和紙を選び、包み方に工夫を凝らし、そこには贈る側の遊び心と気遣いがあった。しかし、印刷物が大量生産され始めた明治では簡易な包みが出回り、今ではこの折形はあまり見られない。

古い時代、貴重だった紙を折る行為は儀礼と祈りの象徴だった。紙を折るのは心を込める行為に等しい。贈りものは一過性のものだが、そこには贈る側の心遣いがある。その心遣いを表すのが折形である。なのに今は大量生産の紙で作業として包装が行われる。

諸外国がもたらした技術により日の本は発展し、代わりに大切な何かを失っていく。畠山泰秀が残した予言はことごとく当たっている。新しい文化を否定する気はない。だが新しいものの陰には失われていく何かが確かにあるのだと、一抹の寂寞《せきばく》を覚えた。

夕焼け空の帰り道、親娘は手を繋いで歩く。はしゃぎ疲れたのか愛娘は何も喋らず俯いている。しばらく沈黙が続き、野茉莉は上目遣いに甚夜の顔を覗き込んだ。

「ねぇ、父様」

「ん？」

「私の母様ってどんな人だった？」

躊躇《ためら》いがちに問う。どうやら沈黙の理由は疲労ではなく、先程の母娘を見て自身の母について考えたかららしい。野茉莉はまだまだ幼い。やはり母が恋しいのかもしれない。

「そうだな」

少しばかり返答に迷った。

大切な愛娘だと心から想う。けれど野茉莉は元々捨て子であり、本当の両親など知らない。だからその問いに明確な答えは返してやれないのだ。

『大丈夫。あなたになら、この娘を託せる』

ただ、たとえ血は繋がっていなくとも、野茉莉の母と呼ぶに相応《ふさわ》しい女を知っている。

「お前の母の名は、夕凪と言う」

いつか見た夕焼けを思い出してしまったからだろう。懐かしい幻聴に、自然とそう口にしていた。

「夕凪は、嘘吐《うそつ》きだった」

「嘘吐き？」

「ああ。例えば、夕凪は子供が嫌いだと言っていた」

思い出す悪戯っぽい笑み。虚ろな場所で見た彼女の所作が今も胸に残っている。嘘吐きで、捉えどころがなくて。けれど母であった彼女をちゃんと思い出せることが嬉しかった。

「だが、お前を抱く手つきは優しかった。子供は嫌いだと言いながら、お前の行く末を心配していた。どれだけ嘘を吐いても、お前への愛情にだけは嘘を吐けない。そういう、不器用な女だった」

鬼は嘘を吐かない。その理《ことわり》を曲げながら、本当に隠したかった愛情にだけは嘘を吐けなかった。夕凪は否定したが、甚夜にとっては鬼の生き方を覆《くつがえ》してまで野茉莉を託してくれた彼女こそがこの娘の母親だった。

「野茉莉というのは、おしろいばなのことだ。お前の名は、夕凪にあやかって私が付けた」

野茉莉はただ黙って耳を傾けている。その表情からは内心を窺い知れない。

できるだけ穏やかに語り掛けているのは、もういない夕凪の優しさを少しでも伝えられるようにだ。多分それは、たとえ一日だけでも彼女の夫となった自分の役目なのだと思う。

「私には母がいなかったから、どういう人間が正しい母なのかは分からない。だが、夕凪は確かにお前を愛していた。母というのは、彼女のような人を言うのだろうと思わされたよ」

「……そっか。うん」

野茉莉は数多《あまた》の言葉を噛み締め、ゆっくりと飲み込む。吸って吐いて、息を整える。顔を上げればそこに憂いはなく、ようやく笑みが戻った。

「ありがとう、父様。ちょっとだけ気になってたの。私の、本当の母様がどんな人なのか」

その言い回しに虚を突かれる。本当の、という表現を使うからには、甚夜がそうではないと認識していたのだろう。

「野茉莉……」

「分かるよ」

驚きに目を見開けば、はにかんだような笑みが返ってきた。

考えてみれば、野茉莉は甚夜の正体が鬼であると知っている。異なる種族なのに実の親子だと勘違いし続けられるほど幼くはなかったのだ。あの頃よりも大きくなった娘は瞳を逸らさず、真っすぐにこちらを見詰めている。嘘や誤魔化しを口にしていい雰囲気ではない。小さく頷いた甚夜は重々しく口を開く。

「そうだな。私は、本当の父では」

絞り出した事実がちくりと胸を刺す。いくら大切でも血の繋がりは変えられない。

この手の話題を避けてきたのは、結局のところ引け目を感じていたからだ。しかし、野茉莉は穏やかに頰を緩ませた。

「父様は、父様だよ」

首を横に振る様は、否定よりも大丈夫だと伝えてくれているようだ。野茉莉は「母はどういう人だったのか」と問うた。本当の両親は、とは聞かなかった。

「母様のことはね、ずっと知りたいって思ってたの。どうして私には、って」

手を繋いで歩きながら、娘は歌のような軽やかさでその理由を教えてくれる。他愛のない雑談を思わせる軽さが、この娘の精一杯の心遣いだ。

「でもね、父様はいるから。だからいいの。私にとっては父様が、本当の父様だよ」

無邪気な微笑みは同時にどことなく大人びても見える。

「おしめを替えていたのが、ついこの間だと思っていたのだがな」

虚飾のない心からの想いに、気恥ずかしくなって苦笑する。子供だとばかり思っていたが、いつの間にか大きくなったものだ。

「へへ」

頰を赤く染めた野茉莉も同じように照れて笑う。

「帰るか」

「うん。……あ」

握り合う手はしっかりと、目が合えば微笑みを堪《こら》えきれず、父娘は正しく父娘として帰路を辿る。

「どうかしたか？」

「あのね、父様。母様が欲しいんじゃないからね」

唐突な言に戸惑い、上手く返せなかった。愛娘は畳みかけるような勢いで、背伸びしてずいと顔を寄せた。

「だから、母様のこと知りたかっただけで、欲しくないの」

「待て、なんの話だ」

「兼臣さんとか、朝顔さんとか。うちに泊めてるし」

不貞腐《ふてくさ》れた顔に、言わんとすることをようやく理解する。野茉莉は甚夜が誰かと結婚し、新しい母ができるのではないかと危惧しているのだろう。裏を返せば、まだまだ父に甘えたいということだ。幼い愛情がくすぐったくて、ぽんと優しく娘の頭を撫でる。

「安心しろ、今のところそのつもりはない」

「本当？」

「嘘は吐かん。そもそも私も今の生活で手一杯だ。今さら妻《めと》を娶ろうとは思わんよ」

「そっか、へへ」

嬉しそうに体を揺らし、小さな手にぎゅっと力を籠め、また歩く。

見上げれば夕凪の空が広がって、それがいつか、一日だけ妻になってくれた女の悪戯っぽい笑みを思い起こさせた。

甘ったるい感傷に夕日が揺らめく。毎日のように見ているはずの夕焼けの景色が、今日は妙に美しい。

「ねぇ、父様にも、母様がいなかったの？」

「ああ」

物心ついた時には既に亡くなっていた。葛野に移り住んでからも育ててくれたのは元治で、夜風とはほとんど面識がなく母性というものを感じたことはない。

「じゃあね、私が父様の母様になってあげる」

「なんだそれは」

不思議な言い回しに思わず口元が緩む。野茉莉の方は疑問には思っていないようで、楽しそうに、けれど大真面目に将来を語る。

「父様は私の父様になってくれたから、大きくなったら私が父様の母様になって、いっぱい甘やかしてあげるの」

妙なことを言うものだ。そう思いながらもにやけてしまう。馬鹿にしているのではなく、嬉しくて止められない。野茉莉は、母がいないと言った甚夜を慮《おもんぱか》ってくれている。こんな小さな手で、今度は自分が守ると言ったのだ。

本当に大きく、優しく育ってくれた。正直に言えば、自分が父親としての役割を果たせているのか今一つ自信がなかった。だが、野茉莉は誰かを慈《いつく》しむことのできる娘に育ってくれた。ならばその優しさの分くらいは誇ってもいいだろう。

「そうか、では楽しみにしている」

「うんっ」

夕日に映し出された影は長く、重なり合って一つになる。

帰り道、我が家がそろそろ見えてくる。この穏やかな時間も終わりが近づいていた。

もう少しだけこうやって歩いていたい。

いずれ訪れる終わりを予見している。だからこそ、揺らめき滲む夕日にそんなことを思った。

「あ、おかえり」

鬼そばへ帰ると、小さく手を振りながら天女様が出迎えてくれた。

「朝顔さん、ただいま戻りました」

「えっ⁉」

野茉莉が元気よく挨拶すると、朝顔は目を見開いて驚いている。昨日は明らかに歓迎していない様子だったのだ。急すぎる変化に思考が追い付いていないようだった。

「あ、うん、おかえ、り？　えっと、いいの買えた？」

「うんっ、朝顔さんにも後で見せてあげるね！」

笑顔の野茉莉が買ったばかりの包みを抱え、店の奥へとぱたぱたと小走りに向かう。

「どうしたの、あれ？」

「いや、まあ、な」

うまい言い回しが思い付かず曖昧に濁す。

朝顔は終始微妙な顔をしていた。

4

「そう言えば、兼臣さんは？」

居候として家主が働いているのに寝ているのは居心地悪いようで、朝顔は甚夜の時間に合わせて起きてくる。ただ早起きが得意というわけでもなく、まだ寝ぼけ眼《まなこ》といった様子だ。しばらく朝食の準備をする甚夜と話せばようやく目が覚めてきたようで、兼臣の姿がないのに気付き店内を見回していた。

「もう出かけた。また殿方との逢瀬らしい」

「そっかぁ。ところで、あの刀って兼臣だよね？」

「ああ。夜刀守兼臣という妖刀だ。よく知っていたな」

「本物をね、見たことあるんだ」

言いながら朝顔はにんまりと口角を吊り上げる。

件の妖刀は四口、そういう機会もあるだろう。ただ天女である彼女が知っていたのは意外だった。どこで見たのか軽く聞いてみれば「友達の家が神社で、その子のお父さんが持ってた」とのことだ。そう語る彼女は、何故か楽しそうにしていた。

「昨日はよく眠れたか」

「うん、おかげさまで。本当に、葛野君にはお世話になりっぱなしだね」

「泊めたくらいでそう言われても返答に困る。それに、こちらも店を手伝ってもらった」

「それくらいするよ、結構楽しかった。案外、ウエイトレスとか似合うかも私！」

「うぇいとれす？」

聞き返せば、やはり彼女はくすくすと笑っていた。馬鹿にされているようでもなく、本当に近頃の若い娘はよく分からない。

「気にしない気にしない。それにしても野茉莉ちゃん、すっごく懐いてるよね。見るからにお父さん大好きって感じ」

「ん、ああ。まだまだ甘えたい年頃なのだろう」

朝顔の目にも親娘の仲は良く見えるらしく、それは素直に嬉しい。かすかに目じりが下がってしまう辺り、馬鹿な親だという自覚はあった。

「それに、お父さんの方も野茉莉ちゃんが大好きみたいだし」

「否定はせんが、あまりからかうな」

「あはは、分かってるって」

鬼そばで暮らし始めてから三日目、朝顔も幾らか慣れて随分肩の力が抜けてきた。見知らぬ土地で不安を抱えているかと思えばそうでもないようだ。初対面の男、しかも六尺近い強面《こわもて》の偉丈夫《いじょうふ》に対しても気安く話しかけられる彼女は、外見に似合わず案外と図太い。

「何回も聞くけど、葛野君の娘さんなんだよね？」

「ああ」

「お父さんみたいだとは思ってたけど。うん、やっぱりちょっと不思議だなぁ」

「よく言われる」

こうやって無遠慮に踏み込めてしまうのだから、肝の太さは相当だ。歳を取らない甚夜が野茉莉と並んでも親子に見えないことは重々承知していた。次第に親子と思われなくなってきている現実が、少しだけ痛い。

「さて、と。そろそろ朝食にしよう。野茉莉を起こしてくる」

平静を装い、何事もなかったように会話を切り上げる。野茉莉を起こすために寝床へ向かう途中、甚夜は足を止めて首だけで振り返った。

「ああ、そうだ。私は野茉莉を送り出してから出かけるが、お前はどうする」

「え、どこに行くの？」

「荒妓神社だ」

「それって──」

きょとんとしている朝顔に、いつも通りの無表情で言う。

「狐の鏡は天女を空へ還したという。調べない手はないだろう」


野茉莉を小学校へ送り出した後、甚夜達は荒妓神社へと向かった。

再び訪れた神社は、昨日よりも縁日の準備が進んでいる。それに比例して人の数もかなり増えていた。境内には既に多くの屋台が建てられており、神社特有の静謐《せいひつ》な空気はない。喧噪《けんそう》は止まず、祭りが近付いているのだと肌で実感する。喧噪に紛れ、甚夜と朝顔は神社を見て回っていた。

その理由は縁日の下見ではない。秋津染吾郎が語った謎の光の正体は分からないが、現実として、この地ではないどこかから降り立った少女が存在している。朝顔が本当に天女なのかは置いておくにしても、何らかの怪異の結果であることだけは間違いない。そして、その中核にあるのは狐の鏡、天と地を繋ぐという祭器なのだろう。だとすれば、調べるのはまずここだ。神社を観覧するだけで得られる情報などたかが知れているが、彼女を空へと帰す手段の糸口でも掴《つか》めればと藁《わら》にも縋《すが》る思いで足を運んだのだ。

稲荷神社だけあって、鳥居を潜れば狐の石像が出迎えてくれる。石畳の両脇に狐の石像が設置されているのだが、何故か二つとも左目の部分が潰されていた。それ以外には特に気になるところはない、普通の神社だった。

外観を見ているだけでは意味がない。狐の鏡を調べるため、本殿に忍び込んでみるべきか。そう思った矢先、見知った顔が声をかけてきた。

「あら、甚夜様？」

名前は確か、ちよと言ったか。初老の女は柔和な笑みを浮かべて近付いてくる。無視して本殿へ忍び込むわけにもいかず、甚夜は軽く一礼をした。それに対し、ちよも静々とした丁寧な所作で頭を下げる。顔を上げた後、一つ頷いてから見せた微笑みも堂に入ったものだ。

「そちらの方は」

「あっ、初めまして、朝顔です」

「ちよと申します」

もう名乗りにも慣れたのか、朝顔は淀みなく偽名を口にして二人してお辞儀し合う。一見すれば穏やかなやりとりだが、少しばかり引っ掛かる。初めて顔を合わせた時からだが、ちよは名乗るより先に甚夜様と呼んだ。当然ながら京に来てから彼女と交流を持ったことはなかった。

「ちよ殿。私は、まだ名乗っていなかったと思いますが」

怪訝《けげん》な面持ちで問いかける。腹をさぐるというには直接的だが、彼女はわずかも動揺をみせなかった。

「ええ、せやけどお名前は聞かせてもろてますんで」

単に夫から聞いただけだと彼女は言う。

では初対面の時は？　疑念は晴れず、しかし当の本人の穏やかさは崩れない。

「そうですか、失礼しました」

「いいえ、こちらこそ」

結局引いたのは甚夜の方。これ以上の問答は無駄と悟り追及はしなかった。

ちよはゆったりとお辞儀して、今度は朝顔に視線を向ける。

「そちらは奥様ですか？」

「ち、違いますっ⁉」

喧噪に満ちた境内でも朝顔の大きな声はよく響く。余程恥ずかしかったらしく、頬も真っ赤に染まっていた。

「あら、そないでしたか。夫婦連れ立って縁日の下見に来はったんかと」

「だ、だからっ」

「ふふ、可愛らしいねえ」

少女の初心《うぶ》な振る舞いに、ちよは嫌味なく微笑んでいる。

寛《くつろ》いだ雰囲気もいいが、いつまでも益体《やくたい》のない話をしていても仕方がない。目配せをすればちよの方も頷き、これでようやく本題となった。

「今日はどんなご用で来てくれはったんですか？」

「国枝殿に少し話を聞かせて頂こうと思い訪ねました。呼んでいただけますか？」

「はい、ただ今。ところで、甚夜様」

ちよがじっと甚夜の目を見る。淑《しと》やかな雰囲気は変わらない。ただ彼女の視線には訴えかけるような、ほんの少しだけ不満げな色があった。

「なにか」

「いえ、大したことやないんですけど。敬語使わんと、いつも通り喋ってもらえませんか」

「は？」

意外な願いに間の抜けた声を発してしまう。ちよと顔を合わせたのは二度、まともに会話したのは今回が初めてだ。そんな提案をされるとは思ってもみなかった。

「甚夜様に敬語を使《つこ》てもらうのは、なんや奇妙に思えまして。できれば畏《かしこ》まらず、呼び捨ててもらえませんか」

「いえ、さすがにそれは」

本人の希望ではあるが、人の妻を呼び捨てるのはどうにも抵抗がある。言葉を濁しつつ否定の意を示せば、ちよは自身の頬に手を当て、どこか寂しげに面を伏した。

「あら寂しいわあ。ほな今、航大を呼んできます。そちらで待ってくれはりますか」

指し示したのは境内の一角に並べられた長椅子だ。おそらく縁日では休憩所代わりに使われるのだろう。名残惜しそうに小さく微笑むと、ちよは丁寧にお辞儀をして拝殿の方へと歩いていった。

甚夜らは並んで椅子に腰を下ろす。縁日の準備で境内は随分騒がしい。行き交う人々を眺める朝顔の表情は、好奇心に満ち満ちていた。

「お祭りはまだなのに、すごい人だね」

「荒妓の縁日は結構な規模らしい。色々と準備もあるのだろう」

「へぇ。でもこういうのって、なんだかわくわくしてくるよね！」

ぐっと両の手を握りしめてそう言う彼女は、本当に楽しそうだ。

確かに祭りの準備というのは独特の活気がある。忙しさに荒っぽく言い争いもするが、働く男衆は皆明るく、中には準備も祭りの内だと酒を酌み交わしている者までいる。忙《せわ》しなさと和やかさが一緒くたになったこの風情ばかりは当日では味わえない。

「屋台もたくさんある！　えーと、あれは、なんとか天？」

飴細工、唐辛子屋、団子屋。屋台や見世物の準備も着々と進んでいる。彼女が見ている屋台には「天麩羅」と書かれていた。漢字が分からず、しかも何故か左から右に読んでいるらしい。

「てんぷらだ」

「へぇー、てんぷら……てんぷら？　なんでお祭りにてんぷらの屋台？」

「なんでもなにも天ぷらは屋台で食うものだろう。祭りでもよく見かけるが」

見かねて助け舟を出したが、それはそれで納得できない様子で、朝顔は先程よりも不思議そうにしていた。普通の屋台だと思うのだが、彼女の感性はどうにもよく分からない。

「ええ、祭りって言ったらチョコバナナとかフランクフルトとか、あと焼きそばにたこ焼きとかじゃないの？」

「ちょこ、ばなな？　ふら、ふらんく」

「あ、そっか明治だと……じゃあ、林檎飴《りんごあめ》！　私ね、りんご大好きなんだ」

「ああ、林檎は分かる」

ようやく覚えのある単語が出てきた。林檎は平安の頃に大陸から伝わった観賞用の植物で、小さな実を菓子代わりに食べたりもする。林檎飴というのは知らないが、彼女のいたところでは林檎を使った飴が祭りの定番だったようだ。

「お前の住んでいる場所とは、祭り一つとっても随分違うんだな」

「え？　そ、そうみたいだね。これだけ違うと逆に気になるかも」

曖昧な笑みに甚夜は小さく一つ頷く。せっかくこの時期にいるのだ、興味があるというのなら、息抜きがてら祭りを冷かすのも悪くないかもしれない。

「当日は娘と屋台を見て回るつもりだ。なんならお前も来るといい」

「え、いいの？」

「ああ。野茉莉を優先するからさして相手はできんが」

「あはは、葛野くん、なんていうか本気で野茉莉ちゃん大好きだよね。でも、うん。私もお祭り行きたい！」

思い付きのままの誘いだったが、案外乗り気のようだ。朝顔は嬉しそうに何度も頷いている。

その後は親馬鹿ぶりを笑われつつ祭りの話に花を咲かせ、しばらくするとこちらへ歩いてくる人影を見つけた。

「どうも、葛野さん」

国枝航大は突然の来訪にも気分を害した様子はなく、柔和な笑みで挨拶をした。甚夜達も雑談を中断して立ち上がる。朝顔に自己紹介をしてもらってから軽く世間話に移り、頃合いを見計らって「今、お時間はよろしいですか?」と本題を切り出す。

「縁日の準備してますけど、少しなら」

「でしたら、話を聞かせて欲しいのですが」

「構いませんよ」

「ありがとうございます。では、狐の鏡という話をご存知でしょうか」

「これでも神主ですしね。うちに祀らせてもろてる御神体の説話くらいはねえ」

不躾な質問にも笑顔で応じ、彼は淀みなく狐の鏡について語ってくれた。

「……と、このような話になってます」

鍛冶の村で生活する若者と言葉を喋る子狐、地に降りてきた天女の羽衣を焼く若者。神主が語った狐の鏡の説話は、兼臣のそれと差異はない。

わずかに目を伏せて甚夜が考え込んでいると、彼は「どうですか。おかしい話でしょう」と面白がるような調子で言う。

「この京《みやこ》には古くからぎょうさん天女譚が残ってます。せやけど狐の鏡の説話だけは、なんやおかしいんです」

「そういえば、天女を空へ還すってお話は珍しいよね」

「確かにそこもですわ。それよりも、この話はそもそも間違《まちご》うて作られてるんですわ」

聞いた印象ではありきたりな話にしか思えないが、随分妙な言い回しをする。今一つ理解し切れず問い返そうとするも、神主は遮るように声を被《かぶ》せた。

「葛野さん。怪異譚というもんは、全くの嘘では説得力はないし、掛け値のない真実では興味を引かないんですわ。嘘と真実が上手く混じり合ったもんが説話として語り継がれるんです」

「つまり、狐の鏡には嘘があると？」

「ええ。そして同時に真実が含まれてるんです」

やけにはっきりとした口調には、単なる雑談とは思えない、まるでこちらの胸中を見透かすかのような響きがあった。それが意味するところは甚夜にはうまく掴めない。朝顔も同じような心地らしく、難しい顔で考え込んでいる。

「朝顔さん、でしたか」

「は、はい⁉」

考え事の最中に話を振られたせいだろう、朝顔は大げさに驚き目をぱちくりとさせていた。けれど神主はやはりおおらかで、慌てて向き直る彼女を落ち着かせるようにゆったりと語り掛ける。

「お祭りはお好きですか」

「へ？　あ、えぁと」

「はは、すんません。五日後の八月十五日、この神社で縁日が行われます。もしよかったら、葛野さんとご一緒に来はったらどうですか」

「あ、はい、えと。実は、さっきまでその話をしてて」

難しい話題でなくてほっとしたのか、緊張は一気にほぐれて少女には微笑みが浮かぶ。自然と口は滑らかになる。朝顔の物怖じしない性格もあって会話はそれなりに弾んでいた。

「その日は屋台が並ばはって、えらい賑やかな祭りになるんです。朝顔さん、何か好きなもんあらはりますか？」

「えっと、いっぱいあるけど、やっぱりお祭りだと林檎飴かなぁ。甘いの好きなんです」

一瞬驚きに唖然とした神主は息を飲み込み、まじまじと朝顔の顔を見つめる。そうして重々しく頷いて、ほうと暖かな息とともに言葉を漏らす。

「いいですね、林檎飴。私も好きですよ」

彼はひどく懐かしそうに、満足げに目を細めていた。

「あ、そうなんですか？」

「ええ。あれを食べると祭りに来たんやなあ思います。大きすぎて食べにくいのは堪忍して欲しいですけどね」

「あはは、分かります。それに、一個でお腹いっぱいになっちゃいますよね」

「ほんまですわ」

甚夜は知らなかったが、どうやら林檎飴というのはそれほど珍しいものではないらしい。二人して林檎飴談議で盛り上がり、一段落すれば気をよくした神主が次々と縁日の話を語って聞かせる。朝顔の方もそれに乗っかり、まだまだ会話は途切れそうにない。

長くなりそうだ。甚夜は気付かれない程度に一歩下がった。そもそも今日は狐の鏡を調べるために訪れただけ。縁日の当日には娘と共に来るつもりではあるものの、ここで足止めを食うのはあまり嬉しくない。できれば早々に切り上げたいのだが。

「あんた、そのくらいに」

そう思っていたところで、淑やかにちよが二人を止めた。

「ああ、ちよ」

「失礼します、お茶を持ってこさせてもらいました」

言いながら手にしたお盆を長椅子の上に静々と置く。お盆には湯呑が三つと、茶請《ちゃう》けを乗せた小皿。こちらもどうぞ、と差し出された小皿には磯辺餅が乗せられている。茶を出すまでに時間がかかったのは、これを準備していたためらしい。

「あ、磯辺餅だ。葛野くん、よかったね」

裏のない素直な笑みだ。だから余計に分からなくなる。何故会って数日の少女から
そういう感想が出てくるのか。

「お好きかと思ったんですが、ちゃいました?」

「いえ、好物ですが」

「よかったです、どうぞお食べくださいね」

ちよもまた、ゆるやかに安堵の息を吐く。

胸中には再び疑念が生まれた。朝顔もちよも、甚夜の好物が磯辺餅だと知っている

かのような口振りだ。名前の時とは違い、気のせいと切って捨てるには違和感が大き過ぎた。

「夫は、話し始めると長いもんで」

けれど彼女は相変わらず緩やかに微笑む。

ちよは心からもてなそうとしてくれている。怪しいのは間違いないが、少なくとも悪意や敵意の類は感じられなかった。

「いいえ、むしろ引き留めたのは当方です。申しわけない」

「そんな、気にせんといてください」

「では、おあいことしていただければ」

ここで問い詰めて関係を悪くすることは避けたい。多少の打算ありきの判断ではあるが、追及せずにこちらからも謝罪する。

それを楚々《そそ》と受け入れ、ちよはちらりと神主を横目で見た。

「よう盛り上がって楽しそうやけど、お客さん困ってはるんちゃう？　お客さんのことも考えなあきまへんよ」

「いや、済まんな。御二方も済みませんでした。つい、懐かしい気分になってしもて」

妻に優しく窘められ、ばつが悪そうに神主は頬を掻く。険悪さはまるでなく、いかにも仲のいい夫婦といったやりとりだ。ちよの方も苦言というには甘い、見ているだけで照れてしまうような語調である。

「懐かしい？」

朝顔はぽろりと零れた神主の言葉に、きょとんとして聞き返す。

「ええ。実はちよ、家内と出会ったんは縁日の夜なんです」

声に滲んだのは懐古の念か郷愁か。ついと視線を動かした先には荒妓神社の拝殿がある。そこに遠い情景を映し出し、彼は万感の思いを吐き出す。

「妻は、前にここちゃう神社で巫女《みこ》をやらせてもらってたんです。私はそこで初めて彼女と会《お》うたんです。毎年夏の祭りが近なってくると、妻と初めて会《お》うた夜を思い出します」

国枝航大がなにを見ているのか、甚夜には分からない。それでも妻と出会った縁日の夜が、何物にも代えられないほど大切な瞬間であったのだと伝わってくる。

「今でもよう覚えてます。見たこともないような満天の星、祭囃子。行燈《あんどん》の光に揺らめいた夜の神社。そして、その中で佇んどった少女」

おそらく彼にとっては祭りの夜が、そこで出会った少女こそが原初の風景なのだろう。何も知らないのにその心情をわずかでも理解できたのは、よく似た場所を通り過ぎたからだ。まほろばを慈しむ瞳に、いつか見上げた夜空を思い出す。

「私はあの夜にね、確かに天女と出会《でお》うたんです」

羽衣伝説などの多くの天女譚では、青年は天女を妻として迎える。それこそ狐の鏡の説話の通り、自分も天女を妻にしたのだと航大は語る。迷いなくそう言える女性と一緒になれた彼が、かつての憧憬を違《たが》えずにあれたことが甚夜には少し眩しい。

「天女……」

「いやあ、比喩ですよ。せやけど夜に溶け込んどった彼女は、ほんまに天女のようやったんです」

片目を瞑《つぶ》り、おどけた調子でそう付け加える。ちよに照れた様子はなく、彼女もまた昔を思い出しているのか柔らかく微笑んでいる。寧《むし》ろ夫婦の睦まじさに当てられた朝顔の方が、恥ずかしそうに顔を赤くしていた。

ゆるやかな空気の中、甚夜だけが表情を硬くして俯いた。

狐の鏡の嘘と真実、それらが何を意味しているのかはまだ判別がつかない。ただ、なにか重要なことを聞いたような気がした。

「せや、葛野さん、朝顔さん。よかったら狐の鏡をお見せいたします」

考えがまとまるより早く、航大はいやに楽しそうな調子で言う。顔を上げれば、神主は含み笑いに口元を緩ませていた。

拝殿のさらに奥、普段は人の寄り付かないはずの本殿に足を踏み入れても埃《ほこり》っぽさはなく、そこが丁寧に管理されているのだと分かる。それでも踏み締めた板張りの床はかすかに軋《きし》み、この神社が相応の年月を重ねてきたのだと知る。

「これが、狐の鏡」

御扉の奥には、しめ縄で囲われた八脚の檜《ひのき》の台がある。そこに安置されていたのは錆一つない鉄鏡だった。

神主に案内されるまま本殿へ足を踏み入れた甚夜達は、荒妓の御神体である狐の鏡をしげしげと見つめる。御神体は神そのものではないにしろ信仰の対象であり、易々《やすやす》とひけらかしていい代物ではない。だから本殿の御扉の奥に蔵すが常だ。こうやって目にすることができたのは、ひとえに神主の厚意である。

「はい。天と地を繋ぐと言われてます祭器です」

趣があると言えば聞こえはいいが、鉄鏡はくすんだ色をしていて、厳《おごそ》かというよりはどこか野暮ったい印象を受ける。古ぼけた鏡に見えるものの、説話に語られるという割には金属の劣化はほとんどない。造られてから五十年も経っていない、といったところか。正直、少しばかり肩透かしを食らったような気分だった。

「見た目は、ただの鉄鏡でしかないです。せやけどこれには、説話と同じ力があるんです」

特異な力を有する器物は今までにも見てきた。だから狐の鏡が説話通りの力を持っているとしても騒ぎ立てるようなことではない。

「貴方は、それを確信しているようですが」

「前に、この鏡は説話と同じ力を、つまり天と地をね、繋いで見せたんですわ」

天女を妻にした男は、きっぱりとそう言い切った。聞き及んでいるという曖昧さではなく、まるで実際に体験したかのように断言する。盗み見た横顔には、嘘でも冗談でもないのだと信じさせるだけの熱があった。

「やから歳月を越え、天女を遥かな空へ帰すこともできるんちゃいますかね」

国枝航大が振り返り、朝顔をまっすぐに見据える。

間違いなく彼は朝顔が天女であることも理解している。だから、以前は入れることを拒んだ本殿へと案内をしたのだ。

「なん、で？」

何故話してもいないのに、こちらの事情を知っているのか。信じられない。そんな言葉が出てくるなんて有り得ないと、朝顔はひどく動揺して目を大きく見開いている。

「二度目ですからね。ご自分も、ここではない遠い遠い場所から来はった。せやろ？」

その言葉に裏はない。おそらく航大はかつて本当に地へ降りた天女と出会い、同じ境遇である朝顔に助力しようとしてくれている。実際彼の態度に怪しいところはなく、神職に携わるものらしくおおらかさや懐の深さを感じさせる。

だというのに何故だろう。朝顔はまるで怯えるように後ろへ一歩退き、小刻みに肩を震わせていた。

「発動の条件は血液。ささ、狐の鏡に血を垂らして触れてみてください。そしたら貴女が願う場所へ、望む時へ、帰らはることができます」

恐れに縮こまる少女を見詰めながら、神主は穏やかな態度は崩さず懐から小刀を取り出す。荒唐無稽なことを真顔で言う彼にはわずかな迷いも疑いもない。常識を伝えるような明確さだけがそこにはある。

「え、あの。でも」

「どうしはったんです、貴女は、これで帰れるんですよ。嬉しいことやないですか？」

さあ、と神主が目の前に小刀を差し出す。薄暗い本殿で刃は鈍く光る。朝顔は固まったように動かない。いや、動けなかったのかもしれない。多分、怖かったのは刃物ではなかった。

神主は手を引っ込めず、朝顔は受け取らない。本殿に冷え切った沈黙が座し、ただ時間だけが流れる。数刻にも思える数秒の後、ようやく朝顔は緩慢にだが動き始めた。

「ご、ごめんなさい！　やっぱりもうちょっと心の準備をしたいかな、なんて。あははは……」

出てきたのは力のない、薄っぺらい乾いた笑みだ。結局、どれだけ時間が経っても朝顔は小刀を受け取らなかった。天女は差し出された羽衣を、空へ帰る手段を自ら振り払ったのだ。

ゆっくりと頷いた神主は残念そうに小さく呟き、じっと朝顔を見据えた。

「もし必要にならはったら、声掛けてください。縁日の前の日までやったらよろしおす」

言葉は返ってこない。親に怒られた子供のように少女は俯いてしまっている。彼女の代わりに甚夜が問うた。

「縁日の前日、というのは何か理由があるのですか？　例えば、それを越えれば帰れないというような」

「いいえ、そないなことはないですよ。そやけど、祭りの日まで残らはるんやったら、たぶん帰られへんでしょうし」

航大は遠いどこかを眺めるような、透明な目をしていた。

5

八月十一日。

「ありがとうございましたー」

騒がしい店内に元気な少女の声が響く。

朝顔が鬼そばに寝泊まりし始めてから三日経った。その間何もしないのは申しわけないと、彼女は店員の真似事や皿洗いなどをして手伝ってくれている。

日も傾き、最後の客を送り出したところで今日は店仕舞い。暖簾を片付け、ようやく晩の食事となった。夕食はかき揚げに味噌田楽、きゅうりとわかめの酢和え。葱《ねぎ》と油揚げの味噌汁。若干店の残り物が混じっているが、それなりに豊かな食卓である。

箸を伸ばすのは親娘と天女だけで、もう一人の居候の姿はなかった。

「父様、兼臣さん全然帰ってこないね」

「放っておいてやれ。あいつにも理由があるのだろう」

「うん、でも」

「あれで中々の使い手だ。滅多なことはない」

「じゃあ、大丈夫、かな?」

父の言葉に少しは安心できたようだ。女の身でこうも帰りが遅いのは、と気に掛けていた野茉莉もほっとして微笑んだ。

ここ数日兼臣はよく出かけており、一緒に食卓を囲むことは少なくなった。本人は「殿方と逢瀬に」などと言っていたが、そんな艶っぽい理由でないことくらいは分かる。だとしても問い詰める必要はない。彼女には明確な目的があり、手を引いてやらないといけない子供でもない。助力を乞われれば手は貸すが、それまでは静観するつもりでいた。

「美味しいね、これ」

「うん、おいしいね」

憂いが晴れた野茉莉は、朝顔と一緒に笑顔で食事をしている。初日の顔合わせでは固い雰囲気だったが、二人とも随分打ち解けた。かき揚げを頬張る朝顔は、年齢では若干上だろうが野茉莉と同い年くらいに見える。楽しそうに触れ合う姿は姉妹のようだった。

「葛野くん、ほんとに料理できたんだ?」

「当然だ。野茉莉に下手なものを食わせるわけにはいかん。まあ、かき揚げは店の残りだが」

「なんか完全にパパさんだ」

「ぱぱ？」

いちいち問うのも面倒なので流しているが、相変わらず朝顔は時折意味の分からないことを言う。どう考えても日本では使われていない響きだ。

「どうかした？」

どうやら見詰め過ぎていたらしい。朝顔がくすぐったそうに身じろぎをする。明るく振る舞ってはいるが、彼女がふと見せる表情に違和感を覚えてしまう。

「いや」

天女は故郷を離れて異邦の地へ訪れ、帰る術を失った。だからこそ彼女の態度に疑問が浮かぶ。

空へ帰る羽衣を見つけながら、朝顔は決して昨日の件には触れようとしなかった。

◆

梓屋薫は成績がよくないし、運動も得意ではない。江戸時代から続く神社の巫女でも、何代も続く退魔の家柄でもない。つまり彼女は、どこにでもいる高校生だった。

特別ではない普通の毎日を嫌だと思ったことはなく、高校生活も悪くないと感じている。けれど何も持たない自分を卑下してしまう時もあった。

「朝顔？」

蕎麦を運ぶ途中、甚夜に声をかけられた。考え事をして立ち止まってしまったせいだ。抑揚のない言い方だったが、多分心配してくれたのだろう。ごめんね、と小さく謝り店の手伝いを続ける。甚夜は「ああ」とだけ返事をしてまた調理に戻った。

高校生になってから奇妙な事件にはよく巻き込まれているが、明治時代にタイムスリップするというのはさすがに予想していなかった。けれど偶然甚夜に出会うことができて、宿を貸してもらい食事も用意してもらっている。こうして無事でいられるのは、間違いなく彼のおかげだ。それに彼の言う「朝顔」の意味もようやく分かった。籠《こ》められた重さに触れられて嬉しかった。

ただ、先程のような短いやりとりで終わらせてしまう辺り、自分の知る「葛野甚夜」ではないのだとも思う。薫にとっての甚夜は、色々と気にかけてくれる面倒見のいいお爺さんだ。もっとも今だって素っ気なくとも助けてはくれるのだから、根っこのところは変わっていないのかもしれない。

「らっしゃい。なんだ、染吾郎か」

「あら、元気そうやねえ。きつね蕎麦な」

「少し待ってろ。今準備する」

染吾郎は毎日のように店に来る。昼食をとる以上に甚夜との無駄話を楽しんでいるようだった。やはり彼と「秋津染吾郎」は仲がいい。その関係が面白いような不思議なような、くすぐったい気分にさせてくれる。

「お？　朝顔ちゃん、なんやおもろうそやなぁ」

自分でも気付かないうちに笑っていたようだ。

「甚夜にちょっかいかけられたら僕に言うてな？　力になるで」

「そういうのはやめろ。頼むから」

染吾郎が相手だと甚夜はいつもより気を抜いている。本人は否定していたが、傍目には十分親友と呼べる間柄に見えた。

「いやいや、変な意味やないよ。君みたいな強そうなお顔やと女の子は怖いんちゃうかな思てな。純粋に心配しとるんやで」

「それは、確かに」

現代でも過去でも薫が甚夜を怖いと思ったことはないのに、甚夜は真剣に悩んでいた。

その後も二人は仲良く軽口を叩き合う。それを聞いているだけで嬉しくなり、薫は堪えきれず笑った。

……ここでの暮らしは本当に楽しい。それ以上に楽だった。

だからたぶん、帰るのが少しだけ怖くなったのだ。

◆

京の夏は暑い。

四方を山に囲まれた盆地であるため空気が流れ辛く、夜になっても日中の蒸し暑さは残っている。もっとも盆地特有の寒暖の激しさが四季の美しさをくっきりと映し出すのだから、決して悪いことばかりでもない。

夜は深まり、野茉莉を寝かしつけた甚夜は店舗へと戻り酒を呑む。玄関の隙間から見える京の夏と、揺れる行燈の灯りだけが肴《さかな》だ。喉を流れる熱さは、それなりに心地よかった。

一人静かに杯を傾けていると、かたり、小さく音が鳴った。

「葛野くん？」

ついと視線を動かせば、朝顔が遠慮がちに顔を覗かせる。用意した寝間着代わりの浴衣のままこちらの様子を窺っていた。

「起こしたか」

「ううん、ちょっと眠れなくて」

はにかんだような笑みを少し寂しげだと思ったのは、夜の暗がりのせいばかりではないだろう。天女は、楽しそうに笑う朝顔はここにはいない。まるで迷子のような、頼りない少女がいるだけだった。

「お前も呑むか?」

「ううん、お酒、呑めないから」

「なら茶を淹《い》れよう。座っていろ」

既に竈《かまど》は落としてしまったが、一度朝顔とはしっかりと話をしてみたかった。それを考えればもう一度火を起こすことも手間ではない。

雑な促しでも素直に従って、用意する間も嫌な顔一つせず待ってくれている。六尺近い強面の偉丈夫相手だというのに、この子供は初対面の時からわずかも怯《ひる》まず、むしろ親しげでさえあった。真実天女かどうかは置いておいて、不思議な娘ではあると思う。

「ごめんね」

「いや、考えてみればゆっくり話していなかった。これもいい機会だ」

夏の夜、茶と酒を供にささやかに語らう。

向かい合わせに座った朝顔はかすかな笑みを漏らす。普段の快活さは鳴りを潜め、帯びる色はどこか気怠《けだる》げだ。

「本当、葛野くんにはお世話になりっぱなしだね」

「気にするな。ここでの生活は慣れたか？」

「うん。最初は戸惑ったけど、慣れると楽しいよ」

「そいつはよかった」

ぽつりぽつりと言葉を交わし、杯を傾ける。朝顔も手の中で湯呑を遊ばせ、時折口を付けては、どちらからともなくまた一言二言。かすかに目が合えば照れたように口元を緩めた。

そこに不安はない。見知らぬ土地に戸惑いこそすれ、彼女の態度に不安や警戒の類は見えず、いつだって楽しそうにしていた。唯一怯えを見せたのは、帰る手段が見つかった時だけだった。

「ね、聞きたかったんだ」

「ん？」

「前から思ってたんだけど。なんで、私のこと泊めてくれたの？　あの時も……普通はいくら困ってるからって、見ず知らずの人を泊めたりなんかしないよ？」

朝顔の言う「あの時」がいつを指しているのかは分からない。けれど重箱の隅をつつくような真似は野暮だろう。静かな夜が壊れてしまわないよう、彼女が見せた弱さにそっと触れる。

「昔、な。当てもなく家を出た私を拾ってくれた人がいた」

答えと呼べるほど大層なものは返せない。しいて言うなら遠い過去を思い出した、くらいだ。鈴音《すずね》と共に江戸を離れた雨の夜のことだ。冷たい雨に打たれ、帰る場所はどこにもなかった。けれど手を差し伸べてくれた人がいた。

「多分それをずっと覚えていた。だから、柄にもないことをする気になったのかもしれん」

彼女はよく分からないといった顔をしている。甚夜の背景を知らないのだから理解できなくて当然だ。しかし、これ以上話そうとも思えなかった。どうせただの感傷だし、言葉を重ねれば重ねるほど嘘くさくなるような気がした。

「私も聞かせて欲しいことがある」

「うん、なに？」

「元いた所は、つまらないか？」

突き付けられた問いに、天女は凍り付いたように息を止めた。

「……なんで？」

たっぷり十秒は沈黙した後、彼女はどうにか声を絞り出した。表情はぎこちなく、指先が震えている。それを指摘すればきっと彼女は傷つく。だから甚夜は静かに酒を呑みながら、どうでもいいことのように続けた。

「今のお前を見ていると、なんとなくな。納得できなければ年の功とでもしておけ」

無造作な物言いに力なく項垂《うなだ》れた朝顔が、そのまま机に突っ伏す。声をかけるのもためらってしまうくらい弱々しく見えた。

「別に、つまらないわけじゃないんだ。友達もいるし。でもね、時々なんか疲れる」

天女と呼びつつも、甚夜にとって朝顔はただの子供でしかなかった。しかし、まとう憂いにそうではなかったのだと気付かされる。

「学校に行って、勉強して、友達と一緒に帰って。帰りにはいろんなところに遊びに行くの。毎日すっごく楽しいよ」

見上げれば晴れ渡る空、映し出した在りし日の幸福に嘘はない。なのに天女は帰りたいとは言わなかった。羽衣を奪われて地に縛られても、朝顔は一度だって不満を口にしなかった。

「でも時々ね、同じくらい、すごく息苦しくなるの。友達の女の子は神社の巫女さんで、私と同い年なのにすっごく大人なんだ。見た目が、じゃなくてね。やりたいことをもう見つけて、勉強だって私よりもできて」

もともとの性格ではあっただろうし、心配をかけないため強がってもいただろう。しかしそれ以上に、彼女はここでの暮らしを楽しんでいたのだと思う。わずかに一瞬、天にいた自分を忘れられるほど楽しかったのだ。

「クラスで隣に座ってる男の子もね。すっごいの。強くって、優しくって。自分が痛い思いをしても目的のために頑張ってる。そういうのを見てると、毎日楽しいだけの私は、なにやってるんだろって思っちゃうんだ……」

鬼の力や狐の鏡など、彼女がこの地へ来た原因をいくつか考えていた。しかし、その想像が今では空虚に思える。本当は、ただ逃げ出したかったのかもしれない。当たり前に過ぎる毎日が辛くて、少しだけゆっくりと呼吸がしたかった。

幸か不幸かそれは叶えられた。天女はそうして地に落ち、空を忘れようとした。

「楽しいのはいけないことか？」

「そんなことないよ。でも、苦しんで頑張ってる人の方がすごいと思うから」

だから帰り道が見つかって戸惑った。楽な呼吸ができるようになったから、窒息しそうな当たり前の日常に戻るのが怖くなった。それを責めることは、きっと誰にもできない。

説話の天女を繋ぎ止めていたものの正体に気付く。天女は、天女であることにこそ縛られていたのかもしれない。朝顔もまた、天で当たり前の日常を過ごす自分に囚われていたのだろう。

「ねぇ。葛野くんは今、幸せ？」

ようやく少女は顔を上げて、じっと甚夜の目を見た。問い掛けよりも縋《すが》りつくが正しい。どうすればいいのか分からなくて、不安から親にぴったりとくっついて袖口を引っ張る幼子のような、そんな頼りなさがあった。

「どうだろうな」

人のことは言えない。歳月を重ねて散々斬り捨て、なおも何一つ分からない無様な男だ。一拍置いて酒を呷《あお》り、ゆっくりと返した答えも頼りない響きをしている。

「今の暮らしを、悪くはないと思っている。なのに幸せかと問われれば、答えを躊躇《ためら》う。自分でも分からないんだ、情けない話だが」

憎しみを撒き散らす男が、どの口で幸福を語るのか。どれだけ変わり大切な物を得たとしても、胸にある憎しみだけは消えてくれない。甚夜にとってはそれが当たり前の日常だった。娘を得て穏やかな生活を送り、それを悪くないと思えた今でさえ、生き方までは変えられなかった。

「そっか」

案外二人は似た者同士だったのかもしれない。朝顔の語る息苦しさは甚夜も知っている。多分、同じものを感じていた。甚夜はそれを認めたくなくて、立ち止まると愚痴や溜息がどっと出てきそうだから、今まで必死になって進んできた。逆に彼女はほんの少し立ち止まり、朝顔として笑うのだろう。

「ままならぬな。生きるということは、ただそれだけで難しい。だが――」

「いつまでも、立ち止まったままではいられない？」

言葉の先を奪われて甚夜は口を噤《つぐ》む。気付けば、彼女の憂いはいつの間にか消えていた。

「前にね、クラスの男の子が言ってた。だからほんとは分かってるんだ。いくら居心地がいいからって、このままじゃいけないって」

朝顔は、いつか彼女がいたであろう晴れ渡る遠い空を思わせる心地好い笑顔を見せてくれた。

「でも、もう少しだけ。もう少しだけ、ここで休ませてもらってもいいかな？」

空への憧憬は今も胸にある。ただ今は疲れて、見上げるのが辛くなっただけだ。

「そうだな、たまにはのんびりしようか」

だから少しだけ休憩しよう。

時には立ち止まって一息吐くのもいいかもしれない。

そう思えるようになった分、以前より多少はましになったのだろう。

◆

八月十二日。

朝顔は荒妓稲荷神社を訪ね、神主に願い出た。

「済みません、一度断っておいてなんですけど、狐の鏡を使わせてもらえませんか？」

「どうしはりました、朝顔さん？」

一昨日とは打って変わった態度に、神主は違和感を覚えているようだった。

けれどもう迷いはない。はっきりと、彼女は鮮やかに言い切った。

「やっぱり、いつまでも立ち止まったままではいられませんから！」

昼時の鬼そばは相変わらずの盛況ぶりだ。

初めは多少驚かれもしたが、ちょこまかと動くその姿に常連達も慣れたようで、今では朝顔に気安く声をかける客も出てきた。

「へぇ、朝顔ちゃんもう帰んの？」

「はい、お世話になりました」

「なんや簡単やなぁ。天て結構楽に行き来できるんやろか？」

その中でも一番気遣ってくれているのは、やはり秋津染吾郎だろう。きつね蕎麦を食べに来た染吾郎は朝顔の帰郷を聞くと、少し疑問顔になりつつも祝福してくれた。

帰るのは十四日に決めた。だからそれまでは、しっかりと鬼そばで働いて甚夜に恩返しをするつもりだ。

「ちなみになんでなん？　もしかして甚夜がなんかした……いや、そないな甲斐性《かいしょう》ないわな。野茉莉ちゃんが嫌がることもでけへんやろしな」

「否定できんところが辛いな」

朝顔は思わず吹き出す。やはり甚夜と秋津染吾郎は仲がいい。今も昔もこれからも、きっと二人は親友なのだろう。

「そうですか、それは残念ですね。せっかく会えたというのにもう別れとは」

今日は珍しく兼臣も店にいた。ただし仕事の手伝いはせず、きつね蕎麦を楚々《そそ》とした仕草で啜《すす》っている。

考えてみれば同じ居候の身だというのに、彼女とはあまり接点がなかった。仲良くなる機会が得られなかったのは、少しもったいなかったかもしれない。

「兼臣、確か初めの時、仕事を手伝うと聞いた気がするが?」

甚夜の視線は冷たい。未来での彼を知っているだけに、そんな目をする彼に朝顔は少しだけ驚いた。

「しかし葛野様、考えてみれば帯刀したまま店で動き回れば、逆に迷惑になりましょう」

「その時ぐらいは刀を置け」

「何を仰るのですか。これは私の魂、貴方は私に死ねと?」

明治になっても帯刀しているのだから、兼臣の刀に対する執着は相当のものだ。しかしこの状況では、働きたくないがための言いわけにしか聞こえなかった。

「あはは、葛野くんも大変だね」

「まったくだ」

彼の口から溜息が漏れる。呆れて物も言えないといったところだろうか。けれど口元がわずかに緩んでいたのは、きっと気のせいではないだろう。

「朝顔さん、帰っちゃうの？」

「うん、野茉莉ちゃんにもお世話になりました」

「そっかぁ」

当初こそぎこちなかったが野茉莉とも打ち解け、帰郷の旨を伝えれば残念そうな顔をしてくれた。一緒に夕暮れの街を散歩したり、甚夜の料理を手伝ったりと、短い間だったが彼女とはまるで姉妹のようだった。

「残念やなぁ、甚夜」

「なにがだ」

「いやあ、野茉莉ちゃんに母親できたかもしれんのになあ」

「お前な」

染吾郎が来ると店はいつもより騒がしくなる。文句を言いつつも甚夜の口数が少しだけ多くなるのは知っていた。

「朝顔、頼む」

「はーい！」

甚夜が蕎麦を作り、それを朝顔が運ぶ。役割分担も慣れて最後の方は二人の息もかなり合っていたように思う。店の手伝いは初めてだが、いい経験になった。偶然訪れた地上は、色々な事情を抜きにしても居心地がいい。

けれど、楽しければ楽しいほど時間は早く過ぎる。

気付けば二日が過ぎ、別れの日はすぐそこまで来ていた。

◆

「はぁ、いよいよ明日かぁ」

以前と同じように、野茉莉が寝静まってから甚夜と朝顔の二人は向かい合う。

夏の夜の細やかな語らい。蒸し暑さはあの時と変わらず、けれどいつかより空気は柔らかい。

「大丈夫か？」

「ん。ちょっと、寂しいとは思うけどね」

憂いを感じさせない穏やかな笑みだ。

甚夜は酒を呑み、朝顔は茶を啜り、ゆっくりと時間を過ごす。これも最後になると思えば多少の感慨はある。それは朝顔の方も同じだったようだ。からかうような、いかにも冗談といった調子で彼女は問う。

「例えば、さ。私が、ここに残りたいって言ったらどうする？」

考えるまでもない。ほとんど間を置かずに返した。

「どうもせんが」

「ええ、なんで？」

「言わないと分かっているからな」

朝顔は少し頬を膨らませる。思い悩むより気怠《けだる》い雰囲気より、こういう無邪気が彼女にはよく似合う。

「それじゃあ、例え話の意味がないよ」

「なら、実際のところは？」

「それは、言わないけど」

「だろう？」

見透かしたような物言いをしても、彼女は機嫌がよさそうにしている。遠すぎず近すぎもしない今の距離感が心地好かった。

「休憩は、休憩だからいいんだ。長く続けばありがたみも薄れる」

「うん。神主さんが明日を指定した意味、分かっちゃった。もし私がお祭りを楽しんでから帰ろうなんて言うなら、きっとこれからも帰れないって思ったんだよね」

お祭りを楽しんでから帰ろう。なら次は、お月見だろうか。冬になればお正月を楽しんだら帰ろうと言い出すかもしれない。だから国枝航大は、わざわざ祭りの前日を指定した。

楽な現状を優先して決断を先延ばしすることに慣れたら、その時が来ても動けなくなってしまう。ここで帰ると言えなければ、もう二度と帰ろうとは思えないだろうと、きっと彼女自身も分かっていた。

「だから私、帰るね」

朝顔はわずかな名残を見事に隠して、きっぱりと言い切った。

「ああ、それがいい」

甚夜は気付かないふりをして静かに頷いた。

俯いていた天女は再び空を見上げ、いったい何を想ったのだろう。地に縛られた若者では知りようもないが、和やかにゆっくりと最後の夜は更けていく。

共にした時間は短かった。けれど確かに通じるものがあり、だからお互い素直に別れを受け入れられる。

そうあれたならば些細な語らいも決して悪くはなかったはずだ。それを証明するように、朝顔は別れを前にして晴れ渡る笑顔をたたえていた。

「ほな、自分らはこれで失礼します」

そして八月十四日、甚夜らは再び荒妓稲荷神社へ訪れた。神主は狐の鏡の使用を快く了承し、本殿へと案内した後はすぐに去って行った。最後の別れは二人でと気遣ったらしい。

「それじゃあ、葛野くん。お世話になりましたっ！」

別れの際でも朝顔は快活に、大げさな動作でお辞儀をした。

「達者でな、天女殿」

「もう、またそういうこと言う」

たぶん湿っぽい別れにはしたくなかったのだと思う。だから朝顔ははしゃいで見せて、それでも瞳にはほんの少しの寂しさが滲んでいる。別れを悲しめるくらいには、ここでの日々は彼女にとって価値があったのだ。それは甚夜にとっても同じだった。

「帰ったら、ここにはもう来れないんだろうなぁ」

「だろうな。もう逢うこともあるまい」

都合のいい偶然も二度は起こらない。説話では「帰った天女は、時折地へ遊びに来た」とあるが、そうそう上手くはいかないのが世の常だ。残念ではあるが、これが今《こん》生《じょう》の別れになるのだろう。

「ふふっ、そうだねっ」

けれど朝顔は口元を手で押さえ、笑いを堪えている。その意味を問い詰めたかったが、彼女は本当に楽しそうで、だから聞く気にはなれなかった。せっかくの別れだ。どうせなら笑顔のまま帰って欲しい。

「しっかり、休めたか」

「うん。向こうでも、もう少し頑張れると思う。葛野くんは？」

「変わらんさ。変えようとも思わん」

「この頑固者」

「褒め言葉だな」

膨れ面の彼女をさらりと流し、甚夜はわずかに口角を吊り上げる。朝顔の表情はころころと変わり、思い付くまま話題も転がる。気安い掛け合いはしばらく続き、いつしかそれも途切れ、沈黙が訪れる頃には言うべきことは一つになった。

「じゃあ、そろそろ行くね」

朝顔が神主から借りた小刀で指先を傷付ける。染み出た血は赤い玉になり、ほんのり鉄錆の香がした。彼女は本殿の奥に安置された鉄鏡の前に立ち、くるりと振り返って甚夜をまっすぐに見つめる。

「葛野くん」

ありったけの笑顔で朝顔が別れを告げる。

「もし、機会があったら、今度は一緒にお祭りへ行こうねっ！」

「ああ、そうだな。その時には何かを奢《おご》ろう」

「なら林檎飴がいいな」

「分かった。ちゃんと覚えておく」

最後にもう一度、感謝を告げるように朝顔はこちらをじっと見つめた。

そうして狐の鏡に触れた瞬間、目の前が白くなり、もう彼女はいなくなっていた。

「……では、な。朝顔」

こうして何の未練も名残もなく、朝顔は空へ還った。

地に囚われた心も今は軽やかに。

天女はもう一度、飛ぶことを思い出したのだろう。

狐の鏡。


製鉄の村に生まれた青年は天女と結ばれた。始まりこそ歪《いびつ》ではあったが、歳月を重ねて二人は想い合い、いつしか本当の夫婦となった。

しかし天女は病に倒れ、青年は彼女を空へ還したいと願う。

それを叶えたのが、狐の死骸を燃やしてその灰を練り込んで造られた鉄鏡、〝狐の鏡〟である。

羽衣を失い地に囚われた天女は、狐の鏡によって天へ還ったという。

6

八月十五日。

炎天の下、荒妓稲荷神社は大変な盛況だった。

縁日の当日、大勢の人がこぞって押し寄せる境内は、夏の暑さにも負けないほどの熱気に満ちている。目当ては勿論夏祭り。御多分に漏れず甚夜達も揃って荒妓神社へ訪れた。

「よっしゃ、平吉。とりあえず屋台全部まわろか！」

「お師匠お願いです。声小さしてください。恥ずかしいです」

祭りの雰囲気に当てられ、着いた途端に師弟は人混みに紛れた。彼等を尻目に甚夜はやおら雑踏を見回す。

団子屋に天麩羅屋、飴細工。騒がしさと共に様々な香りがあちらこちらから漂ってくる。紙切りや曲独楽《きょくごま》などの大道芸にも人だかりができ、聞こえてくる祭囃子に大人も子供も関係なく浮かれていた。

「すっごい人！」

初めて見る祭りに野茉莉もはしゃいでいる。こうも喜んでくれるなら、もっと早く連れてきてやればよかった。堪えきれず駆け出す姿に思わず目尻が下がった。

「ああ、野茉莉さん、あまり走ってはいけません」

縁日であっても刀を腰に差したままの兼臣は、今にも走り出そうとする野茉莉のお目付け役だ。本来なら甚夜も一緒に回るつもりだったのだが、少しばかり用があったためしばらくの間は彼女に任せた。

「騒がしいな」

「それが祭りの醍醐味っちゅうもんでしょう」

甚夜の呟きに航大がゆったりと答える。二人は休憩場所として設置された長椅子に腰を下ろし、祭りの喧噪を眺めていた。

無事に朝顔は空へと帰った。しかし謎はまだ残されており、詳しい話を聞いておきたかった。

「結局、狐の鏡とはなんだったのか」

天女を空へ還した鏡。目の前で見せつけられたのだから、その力を疑いようもない。とはいえ、どこか釈然としないものを感じて甚夜はぼやいた。

「葛野さん。怪異譚というもんは、嘘と真実が混ざり合《お》うてこそ語り継がれるもんなんです」

返ってきたのは以前も聞いた言葉だ。おだやかに笑うばかりで、わずかも動揺はない。なにより彼は天女の存在を「二度目」と表現していた。つまり国枝航大は初めからこの騒動の全貌を把握しており、結末も粗方見当をつけていたのだ。

「狐の鏡は大方が真実だった。では国枝殿、嘘とは？」

「よう考えんでも、けったいな話やとは思わはりませんか」

それを証明するかのように彼は淀みなく語る。おそらくは荒妓稲荷神社に伝わる天女の物語こそが、この一件の根幹にあるのだ。

「狐の鏡は京都三条に伝わってる天女譚です。せやけど考えはってください。京の説話やゆうのに、なんで青年の生まれが鍛冶の村なんか」

今さらながら違和感に気付かされる。狐の鏡の主人公は鍛冶の村に生まれた、子狐と共に暮らす若者だ。確かに京都の説話にしては設定がおかしい。

「そもそも狐の鏡と羽衣伝説は、別ん説話でしょ。それが習合して今のような形になったんです」

「だとすれば、祭器としての狐の鏡も京で造られた物ではない？」

「そん通りです」

だから初めから間違えている。

だとすれば天女が降りたとされたという話は？

問いを重ねようとしたが、神主はおもむろに視線を外す。その先を追えば騒がしい祭りの中、楚々とした歩みを乱さない女性の姿があった。

「どうぞ、甚夜様」

神主の妻、ちよは小さく会釈をして、そっと長椅子の上にお盆を置いた。そこには二つの湯呑と、またも小皿に置かれた磯辺餅。タタラ場では滅多に食えなかったため、たまに義父が焼いてくれると大喜びをした。今でも好物はと聞かれれば蕎麦よりも磯辺餅を挙げる。けれど、それを航大にもちよにも伝えたことはない。

「お好きやったやろ？　磯辺餅」

彼女は名乗る前に甚夜の名を呼び、好物が磯辺餅だと当たり前のように知っていた。正直なところ天から降りた朝顔よりも、ちよの方が余程奇妙と感じてしまう。彼女の慎ましやかな振る舞いは崩れない。微妙な空気が流れる中で、不意に神主はすくりと立ち上がった。

「ここからは妻と変わらせてもらいます。狐の鏡については彼女の方が詳しゅう知っとります。何せ鏡が造られたのは、ちよの故郷やさかい」

「いや、しかし」

「ほなこれで。私は、祭りを見て回らせてもらいます。林檎飴が無いのは少し寂しいですけどね」

おどけるようにそう言って、呼び止めようにもそそくさと歩いて行ってしまう。残された甚夜はどうしたものかとちよを見た。無茶を押し付けられた形だったが彼女はその気らしく、「お隣失礼します」と隣に腰を下ろす。

突然の成り行きに今一つ付いていけず戸惑いもあるが、詳しいというのなら文句はない。

「ああ。では、ちよ殿」

「はい。狐の鏡について、ですよね」

一呼吸おいて、ちよは表情を引き締めた。

彼女が語るのは説話ではなく、現実の力を有した祭器としての狐の鏡だ。

「かつて狐の鏡を作った鍛冶師は、未来を見る力を持った鬼女が持っていた槍と残された鬼の血を混ぜて鏡を打ってはりました。鍛冶師は未来を映す鏡ができれば、と思ってはったらしいんですが、何の因果か過去と未来を繋ぐ、とんでもない代物になってしもたんです。せやから神社の御神体として安置して、一般の人が触れられへんようにしはりました。それが羽衣伝説と混じって、天と地を繋ぐ鏡と呼ばれるようになった、いえ、しましたと言った方が正しいかもしれまへん」

説話は真実を語らないが、まったくの嘘というわけではない。狐の鏡は天と地を繋ぐ祭器ではなかったが、代わりに過去と未来を繋ぐという力を有していたと彼女は言う。荒妓稲荷神社に伝わる説話は、それらの真実を隠すための嘘に過ぎなかった。

さすがに甚夜も驚きを隠せない。特殊な能力を持つ器物は幾つか知っていたが、今回はあまりに途方もない話だ。時間移動を可能とする鏡など、下手しないでも国がひっくり返る。

「せやけどそん力は年々弱くなってます。おそらく、いずれは狐の鏡はただの鉄鏡になるんでしょう」

「ならば朝顔は」

「あの子は、未来から来はったんやと思います」

「そう、ですか」

つまり天女とは未来からの来訪者であり、何の偶然か過去へ辿り着いただけで、朝顔自身は普通の少女だったのだろう。彼女がどれくらい後の時代からやってきたのか、そこでどのような暮らしをしていたのかは甚夜には分からない。息苦しいと言った彼女の日々は遥か先で、想像することさえできなかった。

しかし本当は、そんな曖昧なものなどどうでもよかったのかもしれない。形のない未来は見通せなくとも、朝顔は自分の意思で戻ることを選んだ。ちゃんと帰るべき場所に帰ることができた。甚夜にとっては、その事実だけで十分だった。

「ありがとうございました」

「いいえ。お力になれたみたいで何よりです」

話を聞き終え、甚夜はゆっくりと息を吐いた。

国枝夫妻の正体など疑問はいくつか残っているが、粗方納得はできた。本人を問い詰めたところで答えが返るとも思えないし、ここいらが潮時だろう。後は野茉莉と合流して縁日を見て回るか。おもむろに立ち上がろうとすれば、おずおずと引き止めるようにちよが声をかけた。

「あの、甚夜様。やっぱり敬語は止めてもらえまへんか」

「いえ、ですが」

「どうか、お願いします」

以前は、人の妻ということもあって気後れして断った。再び願う彼女の目は真剣で、どこか縋るような色さえある。抵抗はあるがこれ以上拒否するのも酷に思えて、甚夜は仕方ないと小さく頷く。

「分かった。代わりにちよ殿……ちよも楽にしてくれ」

がしがしと頭を掻きつつ雑に呼び捨てる。適当な態度だったが、何故かちよは本当に嬉しそうな顔をしていた。名や好物を知っていたことといい、本当によく分からない女性だ。けれど甚夜の反応も織り込み済みだったのかもしれない。

「そうですね、でしたら」

ちよは普段の淑やかな振る舞いにはそぐわず、悪戯を成功させた子供のように目を輝かせる。そして、してやったりとでも言わんばかりに、にっこりと笑った。

「甚太《じんた》にい、とお呼びしてよろしいでしょうか？」

一瞬、頭が真っ白になった。がつんと意識の外から殴りつけられたような衝撃が走る。随分と懐かしい呼び名だ。甚太にい、そう呼んでくれたのは彼の知る限り一人しかいない。それを皮切りに次々と遠い過去が思い出される。絡まった糸も解け、様々な謎が一気に解消された。

彼女が甚夜の名と、磯辺餅が好きだと知っているのは当然だ。説話の舞台も判明した。そこまでくれば、なぜ「狐」の鏡なのかも容易《たやす》く理解できた。産鉄の集落葛野では、火の土着神を信仰していた。マヒルさまと呼ばれるその女神は火処《ほど》に絶えることのない火を灯す神で、もともとは「いらずの森」に棲んでいた狐だったという。

「……お前、ちとせか⁉」

柄にもなく大声で聞き返す。その動揺こそが面白かったのか、くすくすと、ちよ

——ちとせは笑っていた。

「やぁっと気付いてくれましたね。甚太にい」

葛野に住んでいた茶屋の娘ちとせ。妹を受け入れてくれた一人で、甚夜のことも慕ってくれていた。

故郷を離れたのは三十二年前、別れの際はまだまだ少女だった。幼かった頃の印象

が強すぎて、大人になったちとせが集落を出て誰かと結婚しているなど欠片も想像していなかった。

「なんで、こんな所に」

「ここ、葛野の神社の分社なんですよ。姫様が亡くなられた後、私がいつきひめを務めました。その流れで私たち夫婦に任されたんです」

荒妓稲荷神社が祀るのは「お狐さま」だ。そして狐の鏡の説話は、鍛冶の村を舞台にしている。ならば京の説話としてはおかしくても葛野の説話としては辻褄《つじつま》が合う。この神社は、最初からマヒルさまの分け御霊《みたま》を祀る社として造営されたのだろう。

「お前が、いつきひめ」

「今はもう夜来はありませんし、形だけの巫女ですけど」

「そうか、千歳《ちとせ》だから千夜《ちよ》か」

白雪《しらゆき》が白夜《びゃくや》と名乗り、甚太が甚夜と名乗ったように、ちとせもまた夜の名を継いだ。彼女は無様な男が途切れさせてしまったものを、その手で繋ぎ合わせてくれていたのだ。

「葛野の方はどうなっている？」

「娘に任せてきました。ちゃんと、巫女が途絶えないように言伝《ことづて》を残して」

「では、今代のいつきひめは」

「私の娘が。今は社から出ずに暮らすなんてことはないんです。いつきひめの社も、普通の神社ですよ。名前は、ふふっ、とても素敵になりましたけど」

感嘆の息を吐き、改めてちよを見る。そこにいるのは妻として夫を支える淑やかな女性だ。あの幼かった娘がこんなにも変わるのだから、歳月というのはなんとも不思議だ。

「葛野も随分変わったのだな」

「はい。それにしても残念です。もう少し早くいつきひめになれれば、甚太にいに守ってもらえたのに」

「なんだそれは」

「だって、もう巫女守《みこもり》はいませんから」

思いがけない再会はどこかくすぐったく、けれど絹のように柔らかい手触りをしていた。そう感じるのはお互い歳を取ったからだろう。からかい混じりの冗談に、離れていた時間や些細な変化も忘れて二人は笑い合う。

「でも、これでちゃんと約束は守れましたね」

一瞬意味が分からず返答に窮する。しかしすぐに思い至り、甚夜は笑みを落とした。

「甚太にいが言ったんでしょう？」

「……ああ、そうか。そうだったな」

旅立つ際に、彼は確かに言った。

──また今度、磯辺餅でも食わせてくれ。

帰ってくるなんて言えなかった。誤魔化すための言葉だった。なのに、ちとせはずっと覚えていてくれた。約束が果たされるというのは、こんなにも暖かいことなのだと教えてくれた。

「では、どうぞ」

「遠慮なく頂こう」

彼女が用意してくれた小皿に手を伸ばす。香ばしい醤油の香り。まだほんのりと温かい餅を頬張る。美味しいと素直に思う。ちとせが焼いてくれた磯辺餅は、いつか義父が焼いてくれたものと同じくらいに旨い。

「旨いな」

「当然です」

淑やかな佇まいに幼いちとせの姿が重なる。それは郷愁が見せた単なる幻に過ぎないのだろう。けれど嬉しかった。失くしてしまった遠い日々に、もう一度出会えたような気がした。

「父様！」

思い出にたゆたう心が現実に引き戻される。声の方に目を向ければ、人混みの中で野茉莉が手を振っていた。傍らにいる兼臣はかなり振り回されたようで見るからに疲れた顔をしている。

「行ってきてください」

「そう、だな」

名残惜しいが、娘を無視することもできない。

茶を一口啜ってから甚夜は立ち上がる。

「では……いや、またな。ちとせ」

「はい、いってらっしゃい。甚太にい」

短い別れの言葉。それでよかった。

いつだって会えるのだ、別れを惜しむ必要はない。

「父様、お話終わった？」

「ああ」

炎天の下、祭囃子。甚夜は野茉莉の傍へ行き手を繋ぐ。夏の暑さと満ちた幸福に胸が詰まる。

「何か食べたい！」

「そうだな。林檎飴なんてどうだ」

「うん。林檎飴って、どんなの？」

「……私も分からん」

朝顔の好物だからと咄嗟に勧めたはいいが、林檎飴とはいったいどんなものなのだろうか。林檎の形をした飴細工なのか、それとも林檎味の飴なのか。実のところ甚夜はその詳細を知らず、そもそも見回しても林檎飴屋など一つもない。

「すまん、忘れてくれ。とりあえず、色々回ってみようか」

気を取り直し、野茉莉と一緒に祭りを見て回る。

いつか朝顔との約束も果たせればいいと思う。彼女が未来から訪れたというのなら、いずれそういう機会もあるかもしれない。その時までには林檎飴が何なのか、調べておこうと思った。

「父様、こっちこっち！」

「分かった分かった」

けれど今は目の前の喧噪を楽しむことにしよう。

天高く、抜けるような青空。

夏の祭りは、まだ始まったばかりだった。

林檎飴の発祥は諸説あるが、アメリカの西海岸で生まれたという説が有力とされている。

世界で初めて林檎飴が作られたのは、この時から三十六年後の１９０８年。日本の縁日で売られるようになるのは、さらに後の話である。

◆

気が付けば、神社の本殿で私は寝転がっていた。

「あ、れ？」

聞こえてくる祭囃子の中で体を起こし、きょろきょろ見回す。明るい方へ誘われるように歩き、周りを気にしながら本殿の外へ足を踏み出せば、辺りはお祭りの真っ最中だった。

たこ焼き、フランクフルト、金魚すくい、林檎飴、射的、チョコバナナ。甚太神社の敷地には、私の知っている出店がたくさん並んでいた。

「戻って、来られたんだ」

ちゃんと、現代に。見慣れたお祭りの風景に安堵して大きく息を吐いた。

　クラスメイトの彼のおかげで不思議な体験は沢山してきたけど、今回のは飛びきりだ。まさか明治時代に行くなんて思ってもみなかった。

「あれ、薫？」

　安心して気を抜いていると、後ろから声をかけられた。振り返ってみれば、そこにいたのは中学の頃からの親友、みやかちゃんが立っていた。

「あ、みやかちゃん。こんばんは」

「うん、今晩は。お祭り、来てたんだ？」

「あはは、うん、ちょっとね」

　答えは曖昧になってしまった。だって「ちょっと明治時代に行ってきました」なんて言っても信じてもらえないだろうから仕方がない。けれどみやかちゃんも色々オカルトな話に詳しくなってるから、案外似たような話を知ってるかもしれない。

「ねぇねぇ、みやかちゃん。今年って何年だっけ？」

「なに、いきなり？」

「度忘れしちゃって。ごめんね」

「別にいいけど。平成二十一年ね」

なら西暦だと2009年。夏祭りの夜だから八月十五日で間違いない。私が光に包まれてから半日くらいしか経っていないみたいだった。

「その朝顔の浴衣、可愛いね」

「ありがと。みやかちゃんもとっても可愛いよ」

「私の格好には触れないでくれると嬉しい」

みやかちゃんは巫女さんの格好をしていた。背が高くてすらっとしていて、こういう服を着ても似合うんだから、彼女はずるいと思う。

「あっ、浴衣と言えば」

そう言うと、みやかちゃんはほんのちょっとだけ不機嫌な顔になった。いつもはあんまり表情が変わらないんだけど、今は拗《す》ねたように唇を突き出している。

「どうしたの？」

「さっき、石段の下であいつに会った」

あいつ。彼女がそんなふうに呼ぶ相手は、葛野くんくらいしかいない。明治から現代に戻ってきたのに彼がいる。千年を生きる鬼というのは聞いていたけど、やっぱりなんか不思議な気分になる。

「あ、そうなんだ」

「なんか、着流し？　を着て、デートみたい。待ち合わせかな、相手はまだ来てないみたいだったけど」

「デート？」

みやかちゃんは、すっごく微妙な顔で小さく頷いた。

そういえば「お祭りに行こう」と葛野君を誘ったけど、「先約がある」って断られたんだっけ。それがデートの約束だったんだろう。

「うん、そう。ずっと前からの約束だって」

「へえ、誰とだろう。私達の知ってる人かな？」

肩を竦《すく》めて、ちょっとだけ不満そうにみやかちゃんが言う。

「さあ？　相手は天女だとか言ってたから。もしかしたら、薫に似てるっていう女の人なのかも」

ああ、そう言えば、葛野くんはいつも私のことを「天女」と呼んでいた。理由は古い知人によく似ているから。その人は本当にそっくりらしく、彼は時々私の名前を間違えて「朝顔」と呼ぶのだ。

遠い昔のお話が今に繋がった。

祭囃子に重なって幻聴が聞こえてくる。

——もし、機会があったら、今度は一緒にお祭りへ行こうねっ！

それはほんのついさっき、百年以上前に交わした約束で。だから私は、気付けば走り出していた。

「ちょ、薫⁉」

みやかちゃんの声が聞こえたけど、もしかしたらという思いで止まれなかった。思い切り走る。不思議な体験の余韻はまだあった。だからこそ、早く行きたいと思った。いつも余裕たっぷりな彼が、どんな顔をするのか見てみたい。にやけているのが自分でも分かる。私は彼がそこにいないなんて想像もしていない。

浴衣は走りづらいけど、二段飛ばしで石段を駆け下りる。転びそうになるくらいの勢いで降りきって、きょろきょろと辺りを見回す。人が多い。でも、すぐに見つけられた。階段の下、道の脇辺りに彼はいた。

「遅かったな、梓屋」

ああ、やっぱり。彼は天女を待っていた。

「あの、えっと、あの」

着流し姿の葛野くんは、私を見つけて軽く手を上げた。学生服よりも似合うと思う。

明治の頃と全く変わらない姿で彼は待っていてくれたのだ。

「とりあえず落ち着け」

「う、うん、ごめんね？　えっと、あの。ひ、久し……ぶり？」

どう挨拶すればいいのか分からなくて、変なことを口走ってしまう。

多分、顔はすっごく赤くなっている。

馬鹿なことを言ってしまった。そう思っていると彼は落とすような、穏やかな笑顔で迎えてくれた。

「本当に久しぶりだ。これで気兼ねなく呼べるな……朝顔」

顔がもっと熱くなった。ぶるりと肩が震える。彼は一週間しか一緒にいなかった女の子のことを、百年以上経っても忘れていなかった。私をずっとずっと覚えていてくれた。それを嬉しいと思わないわけがなかった。

「覚えてて、くれたんだ」

「一緒に祭りへ行こうと言ったのは君だろう」

「あはは。それはそうだけど。まさか覚えてくれているなんて思ってなかったんだよ」

彼にとっては百年以上も前の話だ。だけど、あの時と同じように朝顔と呼んでくれる。

「なんか、不思議な感じ」

「私には懐かしい。もう思い出すことも稀《まれ》になってしまったが、あの頃は本当に満ち足りていた」

多分彼は、私の姿に重ねて懐かしい景色を見ているんだろう。うっすらと細められた目は、とても優しい。その雰囲気はとてもではないけど高校生のものじゃなくて、本当に百年以上生きているのだと思い知らされる。だからこそ私は聞きたくなった。

「あの、葛野君。聞きたいことがあるんだけど、いいかな？」

「構わんが」

「ありがと。あの、さ」

少し口ごもり、けれど意を決して。

あの時と同じ質問をもう一度してみる。

「……ねぇ。葛野君は今、幸せ？」

私には一瞬前の出来事だけど、彼にとってはもうずっとずっと、百年以上も前のこと。当たり前だけど野茉莉ちゃんはもういない。秋津さんも、平吉くんも。兼臣さんも。彼と笑い合っていた人は、もう全員死んでしまっている。葛野君はきっと、私じゃ想像つかないくらい多くの別れを経験してきた。それなのに、こんなにも穏やかに笑える彼が、今をどう思っているのか知りたかった。

「当たり前だろう？」

鉄のように揺るぎない、でもとても優しい声だ。

「長く生きれば失うものは増える。寂しいと思わないわけではないが、そう悪いものでもない。失くすものが多い分、手に入れるものだってあるさ。それに長くを生きればこそ、時折降って湧いた再会に心躍らせることもある」

あの時の彼は、素直に幸せだと言えなかった。だけど、私では想像もできないような長い年月を乗り越えて、葛野君はこうやって笑えるようになった。それが自分のことのように嬉しい。

「えと。それって、もしかしないでも私のことだよね？」

「多分、君には分からないよ。もう一度会えた時、どれだけ私が嬉しかったか」

「もう、またそういうこと言う」

誤魔化すように笑っても、きっと顔はすごく赤い。なのに向こうは全然平気な顔をしていて、ちょっとずるいと思う。

さらりと私の不満も受け流して、彼はついとお祭りの屋台を見回す。

「さて、そろそろ行くか。約束通り、林檎飴を奢ろう」

くるんと体を回すと、ほんの少し着流しの裾がはためく。一連の流れはすごくはまっていて、彼が古い時代から生きてきたのだと改めて気付かされる。

「やっぱり、そういう格好似合うよね」

「そうか？　そちらの浴衣姿には負けると思うが」

「そ、そう、かな？」

お祭りのために新しく買ってもらった朝顔の浴衣だ。自分でもお気に入りだけど、思ってもみなかった返しに照れて少しどもった。

「ああ。やはり、君には朝顔の浴衣がよく似合う」

ううん、違う。思ってもみなかった、じゃなかった。私は多分その言葉の後になんて続くのかを、ずっと前から知っている。だから何も言わずに待つ。

そして、林檎飴を奢るなんて些細な約束を百年以上も忘れずにいてくれた彼と。

「まるで、いつか見た天女のようだ」

今度こそ一緒にお祭りを。

遠い日の約束は、ここに果たされた。

徒花《あだばな》

1

体が重い。息が荒れる。鉛の足を必死に動かす。

「しっかり、してください。もうすぐ、本隊に」

耳元に途切れ途切れの吐息がかかる。呼びかけても返ってくる声は弱々しい。

「あぁ、見たかったなぁ。新しい、時代を」

「なにを！　あと少しで、我らが望んだ未来に手が届く。こんなところで死んでは！」

歩けなくなった同胞を背負い、長い道のりを歩いた。

共に命を懸けたのだ。見捨てるなど考えられない。繋ぎ止めるように励まし続け、ひたすらに前へと進む。

「そうだ、なあ」

男は嬉しそうに笑ったが、それが最後になった。

「もう少しで、俺達の……」

背負われたまま、男は二度と動くことはなかった。

戊辰《ぼしん》戦争――薩長を中核とした新政府軍と、旧幕府勢力および奥羽越列藩同盟。二つの政府が争って幕末から明治初期に起こったこの戦争は、新政府軍の勝利によって決着を迎えた。この勝利をもって表立って敵対する勢力は消滅し、これ以降、明治新政府は名実ともに日本の政治的主導者の地位を確立することになる。その戦いの裏には、当然ながら名もなき武士達の奮戦があった。

しかし命を懸けて戦ったはずの彼等には、来るべき新時代において、居場所が与えられることはなかった。江戸が武士の世ならば、終焉《しゅうえん》は等しく武士の終わりでもあったのだ。

◆

明治九年（１８７６年）・三月。

その日、甚夜は愛娘と並び、三条通を歩いていた。

十三になった娘は少しは落ち着いたものの父を慕っており、店の備品を買いに行く際は好んでついてくる。今日も買い物へ出かけたのだが、途中で甚夜の方が足を止めてしまった。

「父様？」

成長した野茉莉は、いつか買った桜色のリボンで肩にかかる黒髪をまとめている。娘はこちらを心配そうに上目遣いで見つめていた。

「ん、ああ」

「どうかした？　なんか、辛そうだよ？」

「なんでもない。気にするな」

曖昧に濁しても強張った表情は隠せず、視線は手にした新聞に固定されたまま。道端では「号外！　号外！」とけたたましい叫び声をあげ、男が新聞を配って回っている。記されていたのは、甚夜にとって致命傷とでもいうべき内容だった。

「廃刀令、か……」

江戸幕府の封建体制を排した明治新政府は、自身が正しいことを証明するために江戸時代に創り上げられた常識を、江戸の名残を感じさせるものを次々と禁止していった。江戸を東京と改め、廃藩置県によってかつての制度をつぶし、士族を設定することで武士を有名無実へと追い遣《や》った。

そして、明治六年二月七日。明治政府は「復讐ヲ嚴禁ス」、俗に言う「敵討禁止令」を発布した。江戸の頃、仇討は当たり前だった。係累を殺されて泣き寝入りするような輩《やから》は武士としては認められず、復讐を為せぬ男など笑いの種でしかなかった。しかし、敵討禁止令により復讐は単なる犯罪として扱われるようになる。

さらに明治九年。

大礼服並軍人警察官吏等制服着用の外帯刀禁止の件——即ち、「廃刀令」が発布される。

廃刀令は大礼服着用者、軍人、警察官以外の帯刀を禁じるもので、これにより明治政府に属する特権階級以外は刀を取り上げられた。武士の世の完全な終焉だった。

「時代は変わるものだな」

知らず左手が夜来に触れる。

彼の呟きは、刀と共に生きた者達の多くが感じた嘆きだろう。

刀も憎しみも、等しく価値のない明治。甚夜は幕末の動乱を経て訪れた新時代に、言い様のない息苦しさを覚えた。

ひゅう、と風が吹く。

脱力からの抜刀、涼風の一閃《いっせん》に、風が鳴ったように思えただけだ。鈍色《にびいろ》の刀身は夕暮れの庭で橙色《だいだい》に煌《きら》めいている。

兼臣が一心不乱に刀を振るい続ける。動く度に髪や着物の端がはためいて、彼女の鍛錬はまるで舞のように見えた。所作が流麗な舞踏ならば、刀が空気を裂く音は舞いを彩る雅楽《ががく》だ。斬る、払う、突く。基本的な武術の動きを突き詰めた彼女の剣はとても美しい。刀は人を殺すための道具であり、剣術は命を奪う業《わざ》だと十分理解している。だというのに見惚《みと》れてしまう。

次第に舞は速度を上げ、苛烈になる。そして最後に裂帛《れっぱく》の斬撃を放ち、兼臣はそこで動きを止めた。

「見事」

短い、それ故に素直な賞賛だった。

夕暮れ時、甚夜は鬼そばの裏手にある庭で鍛錬を続けている兼臣をじっと眺めていた。その剣は実に素直で、見ていて気持ちがいい。荒々しさのない静謐《せいひつ》な挙動からは、彼女のたゆまぬ錬磨が見て取れた。

「葛野様」

甚夜の存在にようやく気づき、兼臣は意外そうな顔で声を上げた。

単純な剣の腕ならば甚夜の方が上だ。まさか褒められるとは思ってもいなかったのだろう。

「良い太刀筋だった。生半《なまなか》な鍛錬で身に付くものではあるまい」

「いいえ。このような技、これからは何の意味も持たないでしょうから」

泣き笑うように兼臣が言う。おそらく彼女もまた廃刀令の話を耳にしたのだ。刀の冴《さ》えに反して表情は随分と暗かった。

甚夜は縁側に腰を下ろした。兼臣は気にせずもう二度三度刀を振るい、今度は刀身を眺める。まるで刀が自身の手にあると確かめているようだった。

「葛野様もお聞きになったようで」

「ああ、一応は」

「正直に言えば、いつかは来ると想像しておりました。ですが、現実となればやはり困惑するものですね」

傾《かぶ》いた装いの女には似合わぬ弱々しい笑みだ。刀を納めることができず、寂しげにそれを見る兼臣は気弱な娘子のようにさえ映る。気持ちが分かる、とは言わない。しかし突き付けられた廃刀令に困惑しているのは甚夜も同じだった。自然左手が夜来に伸びた。慣れ親しんだ手触りがそこにはあった。

「兼臣、お前は刀を捨てられるか」

「まさか。これは私そのもの。どうして捨てるなどできましょう」

気概を感じさせない細い声で、彼女はきっぱりと言い切る。装飾のない言葉は甚夜の内心を代弁していた。

「ああ。そうだ、な」

初めて握ったのは、まだ幼い頃。幼馴染《おさななじみ》の父が与えてくれた木刀だった。強くなれば多くのものを守れると思い、がむしゃらに木刀を振るった。手にするのが本物の刀になってからもそれは変わらない。他がために、守るべきものを守るために刀を振るってきた。数えきれない歳月が過ぎ、守れたものがあり、守れなかったものがある。歳を取れば背負うものは増える。背負う余分が増えた分、振るう刀も鈍くなった。それでも手放すなど考えられなかった。

手にしたものは武器であり、振るい続けるうちに大事なものを守る盾となった。ただの道具はいつしか友となり、歳月を経て半身に、ついには己自身と化した。刀はいつも傍にあった。それを新しい時代は捨てろと迫る。

「葛野様。私達は、駆逐されるために今まであったのでしょうか」

答えは甚夜にも分からない。けれど一つだけ言えることがある。

「さて、な。ただ我らは、やはり死に場所を間違えたのだろう」

死すべき時に死せぬは無様。このような未来を嫌悪したからこそ、畠山泰秀は武士のまま死ぬ道を選んだのだろう。本当に正しかったのは彼だったのかもしれない。

夕暮れに溶ける空を眺めながら、甚夜は最後まで武士であった男の笑みを思い出していた。


「大将、聞いたか。廃刀令の話や」

昼時、鬼そばに訪れた二人組の客が甚夜にそう話しかけた。京に移り住んでから随分と経ち、気軽に話しかけてくれる客も増えた。普段は甚夜も穏やかに応対しているが、この日ばかりは態度が硬くなった。

「ええ、まあ」

「いや、ほんま、新しい時代ってんはええもんやなあ。刀を持って大きい顔してはったお上とはちゃうなあ」

「そう、ですか」

箸《はし》を止めて意気揚々と語る彼らは、多分純粋に廃刀令を喜んでいる。そこに悪気や含みが無いのも分かっている。しかし上手く言葉が出てこないのは、携えた鉄の重さに慣れきってしまったからだろう。

「昔は刀をもっとるからゆうて偉そうな奴らがぎょうさんおった。そないな浪人崩れがおらんくなるだけで新政府さまさまやな」

「せやせや！　刀を持っとるだけで戦う気もない奴らがこん国を駄目にしたんや！とっとと阿呆な武士どもから刀を奪ったらよかったやろに」

「そん通りや！　どうせなあ、武士なんやおらん方がええ人種や。昔より今ん方が暮らしやすいんが証拠やろ」

高らかに笑い上げる声を聞く度に心がざわめく。

自然と大きくなる笑い声に、刀と共に生きてきたこれまでを愚弄《ぐろう》されたような気がした。知らず手に力が籠《こも》る。そして二人組の客を睨み付けようとしたが、それよりも早く染吾郎が男達の頭の上にきつね蕎麦をぶちまけていた。

「あっつ⁉」

「あら、すまんね。いや、僕も歳とってしもてなぁ。最近自分が何しとるかよう分からん時があるんや。いや、もうぼけてしもたかな？」

熱い汁をかけられて慌てふためく男達になど見向きもせず、白々しくも悩んでいるような素振りを見せている。顔はあからさまな作り笑いだ。腕を組んで悩み込む様は、誰がどう見ても演技だった。

「お前何考えとんねん⁉」

「こんな真似しよって、ただで済む思てんちゃうぞ！」

いきなり狼藉《ろうぜき》を働いておきながら、染吾郎はとぼけた態度を崩さない。神経を逆なでされた男達が真っ赤な顔で怒鳴りつける。そこでようやく彼は小馬鹿にするような振る舞いを止めた。

「ただで済む思うな？　はぁ？　それ、どう考えても僕の科白《せりふ》やわ」

代わりに温度が一度か二度下がった。無論錯覚だが、そう思わせる程に染吾郎は冷静で、見据える視線はひどく冷徹だ。四十を超えた老人とは思えない鋭すぎる気配に晒《さら》されて、男達は全身を強張らせている。他の客も緊張の面持ちで事の成り行きを見守っていた。

「こん店で舐めた口利きおって。とっとと失せんかい、馬鹿もん。次は蕎麦で済まんからな」

吐き捨てた言葉に男達は気圧《けお》され、じりと後退する。付喪神《つくもがみ》使いとして多くの鬼を相手取ってきた染吾郎の睨みは、もはや凶器に近い。静かだが苛烈な怒りを浴びせられた男達は怖気《おじけ》づき、これ以上喧嘩を売るような真似はできなかった。

「ちっ、いくで」

「おお、こないな店、二度と来んわ！」

三流の捨て台詞を残して男達は乱暴に店を出て行く。金も払わなかった男達の後ろ姿に染吾郎は舌打ちをして、すぐにいつもの作り笑いを浮かべた。

「いやあ、賑やかになってしもたわ。皆さんどうぞどうぞ、ごゆっくり蕎麦食べてくださいね」

役者を思わせる大きな身振り手振りで、残された客へ頭を下げる。おどけたような調子の染吾郎に、少しだけざわめきは落ち着いた。店内の空気が和らいだのを確認した後、一仕事終えたと彼は厨房近くの席へ腰を下ろす。

「染吾郎、すまん」

「いやいや、こちらこそ自分んとこの客にえらいことしてもたわあ」

「そうでもない。正直、爽快だった」

「お、なかなか言うやないの」

店主という立場から客へ何も言えなかった自分の代わりに、染吾郎はああまで怒ってくれた。その上で甚夜の言葉をからからと笑って受け流し、恩に着せることはない。

気遣いに感謝し、甚夜もまた小さく笑みを落とす。

「ところで、甚夜」

一転、染吾郎が真剣な表情に変わった。両手を顔の前で組み、微動だにしない。十秒ほど沈黙が続いた後、彼は重苦しい雰囲気のままゆっくりと口を開く。

「僕のお昼、どないしたらええかなあ？」

染吾郎のきつね蕎麦は床に飛び散っていた。

少しばかり騒動はあったが無事に仕事を終えた甚夜は、野茉莉と二人夕食を取り終えて居間でくつろいでいた。

「父様」

食後に茶を啜《すす》って休んでいるのはいつものことだが、今日ばかりは勝手が違った。何故かは分からないが、野茉莉が背中合わせにもたれ掛かってくる。着物越しに感じる体温が心地よく、しかしさっきから動こうとせず、ちょっかいをかけてくる娘に違和感を覚えたのも事実だ。

「なあ」

「なぁに？」

野茉莉は今年で十三、少しずつ父に甘えることも減ってきていた。だというのに今日は引っ付いて離れようとしない。嬉しいと思わないわけではないが、釈然としないものを感じていた。

「今日はどうした」

「ん、ちょっと、久しぶりに甘えてみようかなって」

言いながら背中から覆いかぶさるように甚夜を抱きすくめる。まるで親が子供にするような仕草だった。耳元に息がかかる距離まで唇を寄せて、柔らかく優しい声で野茉莉は言う。

「元気出してね、父様」

ぎゅっと腕にも力が籠り、強く抱きしめられた。

「野茉莉？」

「刀を差してない父様なんて想像できないけど、これからそうなっちゃうでしょ？でも、元気出してね」

一瞬、息が詰まったような気がした。この娘は甘えていたのではない。父の気持ちを慮《おもんぱか》り、甘えるふりをして慰めようとしてくれたのだ。

「甘えていたのは私の方か」

「へへ、だって私は父様の母様になるから。それでね、いっぱい甘やかしてあげるの」

小さな頃、娘は甚夜のために母になると言った。大きくなればおかしな話だと気付こうものなのに、野茉莉は決して撤回はしなかった。多分、歳月を重ねれば、いずれ甚夜の年齢を追い越してしまうと知っているからだ。

甚夜は鬼、寿命は千年以上あって年老いることもない。あと十年もすれば、野茉莉の外見は父の年齢を超えてしまう。だからこの子は母になると公言して憚《はばか》らない。たとえ甚夜よりも年上になってしまっても、家族であり続けると彼女は言ってくれているのだ。

「まだ言っているのか」

「当たり前だよ。私は父様に守ってもらってきたから、早く大きくなって今度は父様を守るの」

何を言っているのか。本当は甚夜の方こそ守られてきた。野茉莉がいてくれたから今があるというのに。

「そうだ、明日も一緒に散歩に行こ？　刀を差さなくてもいいなら手が空くでしょう。一緒に手を繋いで歩けるね」

得難い幸福がここにはあって、それを尊いと心から思える。甚夜は胸に灯る暖かさを、少しでも伝えられるように微笑んだ。

本当に幸せだと改めて実感した。

しかし、言い知れぬ何かが心の奥に暗い影を落とす。

代わりに怒ってくれる友がいる。時代が変わろうとも、傍にあろうとしてくれる娘がいる。だというのに、鈍い鉄の手触りが遠くなることを寂しいと思ってしまう自分がいる。それが酷く無様に感じられた。

2

前の晩、野茉莉と散歩に行くと約束した。そのために店は昼の客を捌《さば》き終えてから閉める。店と娘との約束なら優先すべきは後者だ。染吾郎は呆れていたが、そもそも蕎麦屋は世を忍ぶために過ぎない。それよりも不甲斐ない父を慮ってくれた娘の気持ちに報いてやりたかった。

野茉莉はもう支度を終えている。あまり待たせても悪い。早く着替えようと作務衣《さむえ》を脱ぎ、まずは肌襦袢《はだじゅばん》を着る。次に長着をまとい、腰紐と帯を結ぶ。袴《はかま》を穿いて、腰に刀を差さずに身支度を終える。

普段より少しだけ軽くなった装いがどうにも落ち着かない。仕方がないと分かっていても違和感は拭い去れなかった。刀を捨てようとは思っていない。鬼を討つにはやはり武器が必要だ。ただ、昼間から帯刀して警察の厄介になるわけにもいかない。以前ならばそうは思わなかっただろう。しかし今は野茉莉がいる。娘に心配をかけてまで我を通すことはできなかった。

「濁っているな」

いつか誰かが言っていた言葉を思い出す。全ては無駄、志したものを濁らせる余分に過ぎない。十分に理解しながらも切り捨てられない自分に辟易《へきえき》とし、同時に悪くないと思う。

それでも鬱屈した感情が胸には残っている。どう表現すればいいのか分からない、ひどく奇妙な心持のまま衿《えり》を直し、とりあえず身支度は整った。

「野茉莉、行くか」

「うん」

玄関で待っていてくれる娘に声を掛ければ、無邪気な笑顔が返ってくる。

それが夜来を置くことで得られたものならば、ほんの少しだけ救われたような気がした。

目的もなく道を歩くだけ、それでも野茉莉は楽しそうに笑う。しかしわざわざ甚夜の左側から手を繋いでくる辺り、無邪気なだけではなかった。以前は左側に刀があった。だから足りなくなった重さを補うように野茉莉は左側に立つ。さりげない気遣いのできる優しい娘に育ってくれたことが甚夜には嬉しかった。子供は気付かぬうちに大きくなるものだ。それを喜ぶが同じくらい寂しくもあり、父親とは難儀なものだと自嘲する。

「葛野様？」

三条通に沿って歩いていると、ちょうど鬼そばへ帰る途中の兼臣と出くわした。長い黒髪も渡世人《とせいにん》のような格好も腰の刀も、彼女はいつも通りの装いだった。

「兼臣、帰りか」

「ええ、店の方はどうなされたのですか？」

「ちと用があって閉めた」

さすがに野茉莉と散歩に行きたかったから、とは言わなかった。兼臣はこちらを眺めながら弱々しく微笑んで見せた。

「意外ですね。葛野様が、刀を持たずに出歩くとは」

それだけ人の親が身についてしまったのだろう。わだかまりがあったとしても、当たり前のように野茉莉を優先するのだから。

「余計な厄介事を背負うのも、な」

ちらりと野茉莉の方に視線を送れば、納得したように兼臣は小さく頷いた。

もはや帯刀は明確な犯罪だ。野茉莉の親として、我を通して捕まるような真似はしたくなかった。

「娘子のためならば、ですか。貴方らしいと言えばそうなのでしょうね」

「お前は、曲げられなかったか」

「ええ、これは私自身。手放すことはできません」

そう言って優しく夜刀守兼臣に触れる。なにが悪いという話ではなく、言うべきことは何もない。譲れないもののありかが違っただけで、甚夜と兼臣は何も変わらない。

「葛野様も、今は帯刀をしていないだけ。結局は、捨てることなどできないのでしょう?」

彼女の指摘は正鵠《せいこく》を射ていた。娘と共に歩くから帯刀しなかっただけだ。刀を身につけないのは、目的を捨てることと同義ではない。復讐を禁じられ、帯刀を禁じられたとしても、憎しみを消せるわけではないのだ。

新しい時代は少しばかり流れが早い。色々なものが変わっていくのに、心だけ置き去りにされているような気がした。

「では、先に戻っています」

「ああ」

急に話を切り上げ、兼臣はすぐさま早足で場を離れた。次第に小走りになり、背中はあっという間に見えなくなる。

「忙《せわ》しないことだ」

「父様、あれ」

野茉莉の指さす方には警官隊の姿がある。どうやら帯刀を見咎《みとが》められないよう逃げたらしい。刀は捨てられないが、警官に喧嘩を売るような真似はしたくないらしい。

「妙に警官が多いな」

「うん、何かあったのかな？」

きょろきょろと野茉莉が辺りを見回す。

物々しく警邏《けいら》をしている男達が数人。傍目《はため》に見ても分かるほど慌てた様子だ。自然と騒がしい方に足が向いてしまうのは、長年怪異を相手取ってきたが故の癖だろう。

京都は三条通から少し離れると知恩院《ちおんいん》があり、その参道を下って白川にぶつかる手前には古門と呼ばれる瓦葺《かわらぶき》の門がある。どうやら騒ぎは古門の方のようだ。

「野茉莉、離れるなよ」

「う、うん？」

父の空気が変わったのを察したのか、すっと体を寄せる。周囲に注意を払いながら進めば、人だかりの中から声が掛かった。

「葛野さん」

そこにいたのは鬼そばの隣にある菓子屋『三橋屋』の店主、三橋豊繁だった。

「おお、娘さんもやね」

「はい、今日は父と出かけていました」

野茉莉が丁寧にお辞儀をすると豊繁は手をひらひらとさせて挨拶を返し、再び人混みを横目で見た。彼も野次馬の一人のようで、騒ぎを見ながら難しそうな顔をしている。

「三橋殿。これは何の騒ぎで？」

「ああ、娘さんがいはる時に話させてもらうことやあないんやけどね」

がしがしと頭を掻きながら、豊繁は相変わらず面倒くさそうにぼやく。

「人死にがあったらしいわ」

野茉莉に聞こえないよう、耳元でぼそりと呟く。確かにこれは娘がいる時に話すような内容ではない。返す甚夜も自然と小声になった。

「何か事件でも？」

「辻斬り、って話らしいよ。江戸の世ちゃうねんけどな」

肩を竦《すく》めておどけて見せても顔には嫌悪が滲《にじ》んでいる。

「どうせ新しい時代に馴染めん浪人崩れが、阿呆なことやらかしたんやな。みっともないもんやねえ、時流に乗り遅れてしもた輩っちゅうんは」

何も答えられなかったのは、甚夜こそが彼のいう「時流に乗り遅れた輩」だからだ。硬くなった態度を気遣ってか、「ま、流行らない菓子屋やっている俺も似たようなもんだが」と豊繁は冗談めかして肩を竦める。

返礼代わりに小さく笑みを落とした。頬の筋肉は少し強張っていた。

「ほなな、葛野さん。あんたも早めに帰りなはれや。娘さんもいはるんやし」

「三橋殿は？」

「帰りにくうてな。嫁から新しい品を考えろ言われてるんやけど、何も浮かばんのですわ。ああ、面倒やわ」

言葉の通り重い足取りで人混みから離れていく。

残された甚夜は、もう一度騒動に目を向けた。人だかりが壁になって惨劇の現場を覗くことはできない。詳しい状況は分からないが、おかげで野茉莉に嫌なものを見せなくて済んだのだから幸いだったかもしれない。

「そろそろ、帰るか」

「そう、だね」

野茉莉が微妙な顔で同意する。せっかくの散歩は嫌な後味を残して終わることになった。

◆

去っていく親娘を遠くから見つめる影があった。

「おじさま、相変わらず野茉莉ちゃんと仲がいいですね」

マガツメの長女、向日葵は不満に頬を膨らませる。鬼である彼女は歳を取らず、以前と変わらない幼い娘のままだ。緋色《ひいろ》の瞳に憎しみの色はなく、睨み付けても拗《す》ねているようにしか見えなかった。

「なにか癪《しゃく》ですね。ともかく、今回もありがとうございました」

『いえ』

深く沈み込むような声で返事をしたのは、向日葵の傍らにいる鬼だ。

「本当は、嫌だったんじゃありません？」

『まさか。安寧をむさぼる豚を一匹葬っただけのこと。感慨などありません』

その鬼が殺したのは、元々は武士だった男だ。幕末の世にあっては大した働きもせず、新政府軍にいたというだけ。上手く取り入って明治政府の末端に名を連ねた、胸糞の悪くなる愚昧《ぐまい》だった。

「なら、いいのですけど。おかげで沢山の死体が手に入りましたし。本当に、ご苦労様でした。でも、そろそろ邪魔が入りそうな気もしますね」

死体集めが長く続けば、当然介入してくる退魔も出てくるだろう。その筆頭を思い浮かべて向日葵は声を弾ませる。

「潮時でしょうか」

『では終わりに？』

「はい。あんまり無茶をして、おじさまに嫌われるのも嫌ですし」

『そうですか。ならば、これからは己が目的を果たさせていただきましょう』

感情の乗らない目をした鬼は、甚夜が去っていった方向をじっと見つめている。

「本当に、挑むのですか？」

『無論。寧《むし》ろ、このような機会を与えてくれたこと、感謝いたします』

「でも、おじさま、強いですよ？」

『知っています。だからこそ挑む価値がある』

言いながら男は向日葵の傍を離れ、人に化けて雑踏に紛れる。

「立ち去るなら挨拶くらいしてくれてもいいと思います」

わずかに眉を顰《ひそ》めるものの、零《こぼ》れた文句は冗談のようなもので怒りは微塵《みじん》もない。

元々あの鬼の目的は一つ、甚夜と戦うことのみ。初めから他事に興味などなかった。それを「命を救ってくれた礼だ」と言って望まぬ殺人を繰り返し、自分の目的を後回しにしてくれたのだ。感謝こそすれ怒るなどお門違いもいいところだ。

「彼は、徒花《あだばな》ですね」

去りゆく一匹の鬼に想いを馳《は》せる。

咲いても実を結ばずに散る花のように、何一つ残せず消えていく。

かける言葉を向日葵は持っていなかった。

◆

「ただの辻斬り、ってわけやないと思うけどね」

その夜、仕事が終わってから甚夜は染吾郎を店へ呼んだ。二人で顔を突き合わせ、杯を傾けながら話すのは辻斬り事件についてだ。

「というと？」

「そもそもな、今回の辻斬り事件、表になるうまでに時間かかったんは、死体が上がらんかったからって話や」

酒を呑みながらも甚夜の目付きは鋭い。染吾郎も普段の笑みは鳴りを潜め、鬼を討つ者としての顔になっている。

「辛うじて残っとるもんも頭だけとか、腕だけとかやろ。普通ちゃう量の血があんのに、死体は見つからへん。事件いうより怪異譚《たん》やね」

「それは聞き及んでいる。辻斬りが死体を隠したと思うか？」

「隠すゆうたって無理あるやろ。殺したことがばれてまうんやったら隠す意味もあんまないしな。どっちかゆうと殺しやなくて、死体を集めるんが目的って方がしっくりくるわ」

染吾郎は頭が回るし勘もいい。一考以上の価値がある。辻斬りの目的は怨恨や金目当てではなく、死体が欲しいから。事後処理の手際の良さも考えれば、何らかの企みがあるのかもしれない。

「死体使って何する気か知らんけど、やな感じやな。うん、僕の方でも調べさせてもらうわ」

「頼む」

もしも厄介な怪異の存在が裏にあるのならば斬る。刀を必要としない時代になっても、甚夜の生き方が変わることはない。鬼は鬼であることから逃げられない。結局、どんなに取り繕《つくろ》ったとしても、刀を振るうしか能のない男なのだと思い知らされる。

ぐい、と杯を呷《あお》った。

熱が喉を通っても、旨いとは思えなかった。

染吾郎に情報収集を依頼してから数日後、甚夜は早朝に再び古門へ訪れた。

警官がいたため近寄ることができず、数日経って入れるようになってから来てみたものの、今さら辻斬りの痕跡が残されているはずもない。しかし情報がほとんどない以上、まずは足を動かすしか方法はなかった。

「なにも残っていないか」

既に警官隊が去った後だ。死体どころか血の痕さえ綺麗さっぱりなくなっている。半ば分かっていたことではあるが、やはり無駄足になってしまったようだ。

甚夜が再び古門へ訪れたのには理由がある。

ここ数日辻斬りについて調べていたのだが、どうやら昨日の一件だけではないらしい。聞き及んでいるだけで既に八件。うち二件は死体に刀傷があり、それが辻斬り事件だと言われる理由だった。

ただ、この一連の騒動は、真っ当な辻斬りにしてはおかしなところがあった。先の二件は分かり易く惨殺されていたが、残る六件には刀傷が見当たらなかった。というよりも、殺害現場には死体すらなかったのだ。辺りに残されたおびただしい血液と肉片から、誰かが殺傷されたのは間違いない。しかし死体が無い以上身元の確認もできず、結果としてこの事件は表になるのが遅くなったらしい。裏に鬼の存在がいるのは容易に察せた。

手がかりは何もない。どうするかと頭を悩ませていた甚夜は、そこで異変に気付き瞬時に身構えた。

ふわりと漂った慣れ親しんだ匂いを嗅いだ。つい先日、人死にがあったばかりの場所だといっても残っているはずがない。違和感に気付いたのは、相手が気配を隠そうともしていないからだ。

気配を殺さず濃密な香りを振りまいて、何者かが古門の屋根から跳躍する。

『あああっ！』

不意を打つ気すらないらしい。突如現れた異形《いぎょう》は、咆哮《ほうこう》を上げながら襲い掛かる。まるで血のように赤黒い皮膚をした鬼は、身の丈を超える大太刀を振り上げ、真っ向から両断しようと甚夜へ唐竹《からたけ》の一刀を放つ。

自由落下しながらの大振りはあまりにも雑だ。後ろに飛んで斬撃をやり過ごせば、空をきった大太刀が大地を叩き付け砂埃《すなぼこり》が舞った。

鉄錆のような硫黄《いおう》のような、どろりとべたつくような香が鼻腔《びこう》をくすぐる。

それは甚夜にとって身近な、慣れ親しんだものだった。

「血の匂い……」

眼前の赤鬼からは、やけに濃密な血の匂いが漂ってくる。目立った傷はなく、刃が血に濡れているでもないのにむせかえる程だ。

『お相手、願いましょう』

「問答無用で襲い掛かっておいて、お相手願うとは恐れ入る」

『これは失礼。貴殿との死合《しあ》いこそ私の望み。はやる気持ちを抑えられませんでした』

鬼は意外にも丁寧な語り口だ。慇懃《いんぎん》無礼《ぶれい》というわけでもない。口調や態度には一定の敬意が宿っている。それだけに侮って仕損じるような真似はしないだろう。

腰に夜来はない。廃刀令が施行されて昼間の帯刀は難しくなったが、これは少しばかり迂闊《うかつ》だった。

『ですが、まさか帯刀していないとは。正直に言えば落胆。いえ、失望さえ感じています』

深紅の大太刀を甚夜へ突き付けた鬼の声は、心底苛立ちに満ちている。引っかかったのは奇妙な言い回しだ。この鬼は、まるで以前からこちらのことを知っていたかのような口ぶりだ。しかし、このような鬼は記憶にない。不可解な言動に甚夜は警戒を強める。

『貴方は、刀を捨てたのですか』

「捨てたつもりはない。ただ、大切にしたいものが増えただけだ」

『そうですか……』

平然とそう言えたのは、寂しさは感じてもそれが偽りない本心だから。

その態度こそが癪《しゃく》に障ったのか、鬼は敵愾心《てきがいしん》を隠そうともしない。

『残念だ。刀も持たぬ腑《ふ》抜《ぬ》けた貴方を斬り捨てることになろうとは』

視線は鋭くなり、もはや我慢ならぬとばかりに鬼は駆け出す。

綺麗な足捌きだった。それは身体能力にまかせた疾走ではなく、剣術を学んだものの動きだ。左足で地面を蹴って敵の間合いへ飛び込む。お手本通りの所作で鬼は間合いを侵す。振り上げる刀、それもまた剣術の基本を押さえている。

対して甚夜に刀はない。迫り来る大太刀、回避は間に合わない。赤い刃が袈裟懸けに振るわれ、身に食い込む。しかし、甲高い鉄の音が響いただけ。鬼の一刀は甚夜の着物を裂くのみで斬り伏せることはできず、刃は皮膚の上でぴたりと止まっていた。

驚愕の様相を呈する鬼を、甚夜は平静なまま見据える。

「刀がなければ斬れるとでも？　そう舐めてくれるな」

〈不抜《ふばつ》〉。土浦が願った「壊れない体」の体現だ。易々《やすやす》と砕けはしないし、刀が無いからといって戦えないわけでもない。

「来い、〈犬神《いぬがみ》〉」

かざした左腕から零《こぼ》れ出る黒い靄《もや》は次第に凝固し、三匹の黒い犬へと変化する。至近距離で放った〈犬神〉はそれぞれ鬼の喉、腕、足を狙って襲い掛かった。鬼は大太刀でそれらを薙《な》ぎ払うが、できた隙は逃さない。

『がっ……⁉』

〈犬神〉は囮《おとり》、本命は懐に入り込んで左肩で鳩尾《みぞおち》を穿《うが》つ全霊の当て身だ。鬼は対応しきれず、そのまま吹き飛んだ。

素手ではこれが限界、致命傷には程遠い。鬼はすぐに立ち上がりこちらを見る。ただ視線には今までの敵意はなく、むしろ嬉しそうでさえあった。

『確かに、舐めていたようです。やはり、貴方は強い。しかし』

重々しく言葉を続ける。

『それでも、刀を振るわぬ貴方など見たくはなかった』

吐き捨てるようにそう言って、鬼は大きく後ろへ跳躍すると迷いなく逃走し、古門には甚夜だけが残された。

追うことはしなかった。強がってはみたものの刀が無いのは痛い。ここで無理をして反撃に合うのは避けたかった。そして、それ以上に追う気にならなかった理由は、一瞬の邂逅《かいこう》に違和感を覚えたからだ。

あの鬼は、何故かこちらを知っている様子だった。記憶を探っても、あのような鬼を相手取った覚えはない。だが同時になにか引っかかるような気もしている。

どれだけ考えても答えは出ず、甚夜は一度溜息を吐いて思考を中断する。

鬼の捨て台詞が、何故か耳にこびりついていた。

3

鬼との遭遇から数日、何の進展も見せないまま無為に時だけが過ぎる。

あの鬼こそが辻斬りの犯人なのだろうが、結局それ以外に大した手がかりは得られなかった。近頃は新たな被害者も出ておらず、事件は収束に向かっているようだ。そうなれば甚夜にできることは何もない。怪異は怪異のままとなり、残るのは日常だけ。蕎麦屋の店主として過ごすしかなくなる。

「しまったな、酒を切らした」

昼飯時の客を粗方捌き終えた甚夜は、厨房の酒が無くなっていることに気付いた。自分が呑むものではなく調理酒の方だ。鬼そばは連日それなりに盛況で調味料の減りも早く、予備がなくなっていたのをすっかり忘れていた。

「父様、私、買ってこようか？」

店内の掃除を手伝ってくれていた野茉莉が、そう提案してくれる。

野茉莉は小学校を卒業後、もう少し上の教育を受けることもできた。しかしそれを拒否して、基礎さえ学べれば後は父の手伝いをすると言った。その決意は固く、今ではしっかり店を支えてくれている。

「ん、そうか？　なら……いや、自分で行ってくる」

普段なら買い物くらいは任せてもいいが、辻斬りの件もあり一人で行かせるのは心配だ。幸い客は全てはけたし、しばらく暖簾《のれん》を外しておけばいい。

「なら一緒に行きたい」

その申し出も受け入れがたかった。先日やり合った鬼は、甚夜こそが狙いであるような口振りだった。衆人環視の中で騒ぎを起こすとは思えないが、それでも連れて行くのは危ないかもしれない。

「すぐに戻る。留守番していてはくれないか？」

「そっかぁ。うん、分かった」

元々この子は聞き分けがよく、あまりわがままを言わない。成長してからはそれが顕著だ。今もこうやって多少の不満を飲み込んで素直に引き下がる。けれど上目遣いでこちらを見る姿は、笑顔なのにどこか寂しそうだ。

そうなれば詰《つ》みだ。そんな顔を見せられては無視するなど甚夜にはできない。我ながら甘い。思っていても愛娘が純粋に自分を慕ってくれているのが分かるから、無下にするのは気が引けた。家に残すのも危ないのは変わらないし、いざという時はこの身を挺《てい》すればいいだけの話だ。精一杯の言いわけをしながら野茉莉の頭を撫でた。

「いや、やはり一緒に行くか」

「えっ、いいの？」

「ああ、たまにはな」

喜兵衛の店主もおふうを案じ、こうやって色々と頭を悩ませていたのだろうか。楽しそうな野茉莉の姿に、甚夜はあの仲の良かった親娘を思い出していた。

馴染《なじ》みの酒屋で目的のものを買い、娘と二人家路を辿る。

右には酒瓶、左は野茉莉の手を握る。帯刀しないからこそこうやって歩ける。それは決して悪くはないのだろうと思う。しかし割り切れないものもある。ありふれた幸福に浸かりながらも、脳裏に過《よぎ》るのはかつて聞いた言葉の数々だ。

『むしろ問おう、何故斬らぬ。刀は人を斬るためのもの。儂《わし》にはぬしの言こそ理解できぬ』

剣に生き、剣に至ろうとした人斬りがいた。行いの是非はともかく誰よりも真摯《しんし》に刀と向かい合った男だった。

『ですが私は武士です。武士に生まれたからには、最後には誰かを守る刀でありたい』

民のために戦いたいと友は願った。

『私は殺されたかった。最後まで、公儀のためにあった一個の武士として』

江戸の世にこだわり続けた武士は、江戸と共に消えていった。

生き方はかけ離れていたが、それは大切にしたものが違っただけだ。彼等は皆一様に守るべきもののために己が刀を振るった。そこには彼等の誇りが、想いがあった。だというのに、新しい時代はその全てを押し流そうとしている。

分かっている。どう取り繕《つくろ》おうが刀は人を斬る道具だ。それを忌避し、禁ずることを間違いとは思わない。長い目で見れば、廃刀令はこの国のためになるだろう。けれど刀と共に生きてきた。それを今さらどうやって曲げろというのか。

「へへ」

「どうした、野茉莉」

「なんだか、嬉しくて。最近は父様といっぱいお出かけできるもの」

握り締めた手から伝わる、冷たい鉄鞘《てつざや》よりも遥かに心地好い熱を寂しく思ってしまうのは、まだこだわりを捨てられないからだ。

『刀に縛られた鬼よ。この先に貴方の居場所はない。鬼も刀も、打ち捨てられて往く存在だ』

　いつかの予言はここに真実となる。刀も憎しみも認めない世は生き辛く、まるで取り残されてしまったようで胸が締め付けられる。おそらく、そういう者は新時代に必要ないのだろう。沈み込む心地に合わせて景色は陰りを見せ、しかし感傷は一瞬でかき消された。

「お元気ですか、おじさま」

　追想に囚われていた心が涼やかな声に引き上げられる。人混みの中で声を掛けてきたのは、波打った栗色の髪が特徴的な童女だった。

「お久しぶりですね。お元気そうでなによりです」

　向日葵は既に敵対している間柄だというのに、親しみのこもった笑顔を向けて丁寧にお辞儀をした。

　親愛を滲ませる向日葵は、容姿よりも大人びて見える。だが彼女は敵だ。そんなものを向けられても、返せるものなど何もない。

「おじさま……まだそう呼ぶのだな」

「えっ？　おじさまはおじさまでしょう？」

きょとんとした様子で聞き返す。その姿はまるで何も知らぬ娘子のようで、正直に言えばやりにくい。娘よりも年下であることを考えれば、幾ら鬼で敵対する相手とはいえ、あからさまな態度は取りづらかった。

「父様、誰？」

「初めまして野茉莉さん、私は向日葵と言います。おじさまとは、ちょっとした知り合いなんです」

にこやかな挨拶に野茉莉もぺこりと頭を下げる。ここだけを切り取れば微笑ましいと言えなくもない。しかし、相手はマガツメなる得体の知れない鬼の娘だ。自然と甚夜は野茉莉を背に隠して庇《かば》うように立つ。

「もしかして、嫌われています、私？」

「そういうわけではないが、やりにくいのは事実だな」

「むぅ。少し悲しいです」

「そう言ってくれるな。で、何の用だ。偶然会ったわけでもなかろう」

「それは、確かに偶然ではないですけど。言伝《ことづて》を頼まれました。用があるのは私ではありません」

少し拗《す》ねたような素振りで奇妙なことを言う。

問い返そうとするも、向日葵の表情がすっと消えて気配が一変した。

「葛野甚夜殿。夕暮れに差し掛かる頃、山科川《やましながわ》の土手にて待つ。その時には帯刀を願う。果し合いをしたいそうですよ」

「それは」

「多分、以前も会った相手だと思います」

古門で襲い掛かってきた赤い大太刀を振るう鬼だろう。わざわざ帯刀を願うとは、余程刀での戦いにこだわっていると見える。

「もし来なかった場合は――」

一転、向日葵は柔らかく微笑む。先程までの冷たさはなくなり、張り詰めた空気も緩んだ。声の調子は無邪気で、けれど甚夜は目の端で高速で動くなにかを捉える。空気を切り裂き飛来する赤色、咄嗟《とっさ》に野茉莉を抱えて身構えた。

「がっ」

「ご、ぼぉ」

肉を裂く嫌な音が聞こえ、遅れて断末魔にもならぬ苦悶《くもん》が漏れる。最後に絹を裂くような悲鳴が上がった。雑踏に困惑と恐怖が波紋のように広がっていく。

甚夜達を狙ったのではない。通行人に赤黒い刀が突き刺さり、一瞬にして四つの死体ができあがっていた。

「父さ……」

「野茉莉、見るな」

娘の目を腕で隠し、鋭い視線で刀が飛んで来たであろう方向を睨む。鬼の姿は見えなかった。剣呑《けんのん》とした空気をまとう甚夜に、向日葵は先程と変わらない穏やかな様子で言葉を続ける。

「貴方の大切な者をことごとく、とのことです」

年端《としは》もいかない娘子が、ひどく歪《いびつ》に見えた。

「果し合い。随分と、古風なことをする鬼もいたものですね」

向日葵と別れたあと一度鬼そばへ帰り、甚夜は支度を整えていた。着物は普段のままだが、腰には長年を共にした夜来がある。

「受けるのですか？」

「ああ」

兼臣の問いに短く答える。

そっと左手で鉄鞘に触れる。帯刀しなくなってからまだ数日しか経っていない。だというのに手触りが懐かしく、安堵を覚えた自分に気付いた。

「何故」

野茉莉たちに危害を加えるというのなら、果し合いに応じるしかない。そう思いながらも、どこか言いわけめいたものを感じる。

兼臣は端正な顔立ちをかすかに歪め、憐れむような目でこちらを見ていた。彼女は甚夜の心情を察しているのだろう。だから素直に、胸の片隅にある引っ掛かりを吐露できた。

「未練だろう」

認めたくはないが勝負を願われて心が浮き立った。命のやりとりを前にして、親しいものを人質に脅しをかけられたというのに、手にした刀が無意味ではなかったと喜んでしまった。

「どれだけ幸福に浸ろうと、所詮はその程度の男。結局、こういう生き方しかできんのだ」

「ええ。きっと、そうなのでしょうね」

弱々しい声は、彼女もまた同じだからだ。一個人の想いは大きな流れの前では何の意味も持たない。甚夜らが掲げた信念や積み重ねた日々は、明治の世ではそぐわないものとして扱われる。

けれど甚夜は夜来を携えて、以前と変わらない装いで店を出た。

彼は新時代を迎えても変われない男だった。

そしておそらくは、あの鬼も。


山科川に沿って立ち並ぶ桜の木々は今が盛りである。夕暮れの中で朱に染まる花弁は昼の桜にはない風情で、いずれ訪れる夜を知っているからこそ儚《はかな》げな美しさを醸し出している。

『よくぞ来てくださった』

土手に赤黒い皮膚の鬼がいる。優美な景色にそぐわない異形が堂々と立つ姿は、どうにも奇妙と思えてしまう。待ち構える鬼の手に、あの時の大太刀はなかった。

「人に帯刀を願いながら自分は丸腰か、侮《あなど》られたものだな」

『これは失礼。しかし、私に刀は必要ありません』

睨み付けると、鬼は静かに否定する。

『私はただ、貴方と殺し合うことだけを願って生きてきた。先の一合で強さも十二分に理解した。どうして貴方を侮ることができるのか』

空気が変わった。敵意でも殺気でもなく、ただただ純粋な戦意を向けられる。

この鬼は心底、甚夜と戦いたがっている。理由など知るはずもない。だが奴の目に侮りはなく、懇願するような真摯を含んでいた。受けてやらねば互いに遺恨となる。わけもなくそれを理解した。

「確認するが、お前が辻斬りに相違ないか」

『いかにも』

「そうか。ならば、名を聞かせてもらおう」

斬り捨てるならば名を聞くのが流儀だ。甚夜がゆっくりと抜刀すると、鬼はわずかに肩を震わせ、申しわけなさそうに目を細めた。

『貴方には、既に名乗っております。忘れたというなら、私はその程度の男なのでしょう』

やはりどこかで会っているのか。

考える暇もなく鬼も動き始める。鬼はゆったりとした挙動で右の手を突き出し、拳を作った。力を込め過ぎたのか、爪が食い込み血がしたたり落ちる。

疑問に思ったが、すぐに鬼の意図を知る。

血液が流れて次第に凝り固まり、ついには一本の太刀になる。それでも滴る血は止まらず、太刀を覆うようにまとわりついていく。

赤い刀身をした大太刀が鬼の手に握られていた。

『〈血刀《ちがたな》〉』

「なるほど、刀はいらないな」

『ええ。なまくらなど必要ない。私こそが刀だ』

血液を刀剣に変える。刀にこだわる鬼らしい力だ。

鬼は無造作に、だらりと大太刀を放り出すように構えた。対する甚夜は脇構え。互いに得物《えもの》を手にした。ならば疑問はあるが遠慮はいらない。後は斬り合うのみだ。

言葉もなく、二体の鬼は駆け出した。

構えからは想像もできない程に鬼の歩法は丁寧だ。左足で地を蹴り一足で間合いを侵す。お手本通りの挙動だった。それとほぼ同時、唐竹に振るわれる赤い大太刀。

受けには回らない。右斜め前に踏み込み、右足を中心に体を回して斬撃を避けながら鬼の左側に移動する。放つ横薙《な》ぎの一刀。しかし鬼はそれを、何を考えたのか左の掌で受け止めた。

当然、皮膚を裂き肉を斬り血が飛び散るが、斬り落とすまではいかなかった。

刀身を握られて動きを止めるのはまずい。甚夜は追撃を警戒して後ろへ退がる。鬼は苦痛に顔を歪め、そのまま左腕を振るった。

距離は既に離れている。そこからでは当たらない、そう思ったのが間違いだった。体から離れた後も鬼の力の影響を受けるらしい。掌から流れ出る血液が刃となり、甚夜へと襲い掛かったのだ。

驚きながらも太刀を小刻みに振るい、血の刃を叩き落とす。

鬼はさらに攻め立て、身の丈ほどもある大太刀で袈裟懸けに斬り下ろした。

教本通りの丁寧な一太刀は、だからこそ捌きやすい。刀の腹を横から叩き付け、軌道を逸らして返す刀で斬り上げる。鬼の胸元を切っ先が掠《かす》め、鮮血が舞った。追撃しようとするが、鬼は傷口に触れてそこから太刀を取り出す。

突如として増えた太刀が甚夜を狙う。予想外の反撃を夜来で防ぎつつ、鬼を静かに観察する。

剣術の腕はそこそこだが、異能の方は厄介だ。血液の量と刀の質量が一致しない。おそらくは血を刀に変えるというよりも、血を触媒に刀を生み出す力と言った方が正《せい》鵠《こく》を射ている。出血で動けなくなるのを待つのは難しそうだ。気になるのは、この鬼の太刀筋だ。丁寧で嘘のない実直な剣は、どこかで見た覚えがあった。

疑念が一瞬、体を止めた。好機とばかりに鬼は赤い大太刀を振り上げ、上段から唐竹割り。尋常ではない速度の振り下ろしが襲ってくるも、咄嗟に鉄鞘を抜く。それを盾にして防ぎ、間髪を入れず一歩を踏み込み鬼の太刀をはねのける。

甚夜はすぐに体勢を整えると左足で地を蹴って一歩踏み込み、左手の力で相手の肩口から斜めに斬り下ろす。

この距離ならば確実に捉えた。そう思ったが振り抜くことはできなかった。こちらの一手を鬼が上回る。鬼は甚夜の一刀が届くよりも早く突きを繰り出していた。

「……っ！」

〈不抜〉は使えなかった。甚夜では壊れない体を土浦のように素早く構築できない。攻撃を読んで待ち構えるならばともかく、即座に発動できるほど熟練していなかった。左肩を抉《えぐ》られつつも詰まった距離を反撃に繋げ、鬼の鳩尾《みぞおち》に目掛けて突進する。しかし一度見せた技だ、鬼も読んでいたらしく既に後退していた。

互いに間合いが離れて硬直状態に陥る。ただし、両者の動かない理由には差異があった。

鬼は警戒から不用意に飛び込もうとはしない。一方、甚夜が攻めないのは動揺に戦意を削られたせいだ。

先の刺突はそれほどに甚夜を驚かせた。同じ突きでも岡田貴一が放ったものは鳥肌が立つほどに滑らかだった。あの紫電の刺突と比べれば、技巧は決して優れてはいない。術理は恐ろしく単純だ。甚夜が鬼の太刀をはねのけようとした瞬間に力を抜く。その上で右足を後ろにして半身になり、両手を体に引きつけて切っ先を相手に向けた突きを放つ。端的に表現すれば、甚夜の力をすかして反撃に移っただけである。

「何故だ」

遠い過去が思い出される。先程の鬼の動きは、かつて甚夜が友人に教えたものだ。稽古をつけてくれと頼む友人は、真面目で実直な武士らしい男だった。実直は美徳ではあるが、戦いにおいては急所と成り得る。だから甚夜は、敢《あ》えて奇をてらった技を見せた。少しでも友人の力になれればという心遣いだった。

『これは、以前貴方に見せてもらった技でしたね』

その言葉に胸が締め付けられる。本当は薄々勘付いていたが、勘違いであって欲しかった。けれど様々な要素が疑いを潰し、もう言い逃れはできなくなってしまった。

「何故、お前が」

表情が歪む。肩を震わせながら、甚夜は悲痛な叫びを絞り出す。

「何故お前がこんなことをしている、直次っ……！」

鬼の名は三浦《みうら》直次在衛《ありもり》。

かつて江戸で同じ時間を過ごした、甚夜の友だった。

4

一応の政体が整った頃、明治新政府の討幕派は公議政体派を抑え、徳川慶喜《よしのぶ》に辞官納地を命じた。

慶喜は大坂に退いて主導権回復を策したが、討幕派の関東での挑発、攪乱《かくらん》工作にのって、江戸薩摩藩邸を焼き打ちした。さらに慶応四年一月二日、旧幕府勢力は会津・桑名両藩兵ら一万五千人を北上させた。新政府も薩摩・長州両藩兵ら四千五百人で応対し、一月三日、両軍は京都郊外の鳥羽と伏見で衝突した。

後に言う、鳥羽・伏見の戦いである。

この戦いは、数では劣るものの装備と士気に勝る新政府軍が旧幕府勢力を一日で退却させ、一月六日には終わりを迎える。これにより新政府内での討幕派の主導権が確定し、江戸へ逃れた慶喜を討つために追討軍が編成された。正しく新しい時代を切り開いた一戦と言えるだろう。

しかし忘れてはいけない。犠牲の出ない戦争などない。たとえ勝利しても、その過程で零れるものはある。被害を少なくすることはできたとしても、どうしようもなく失われる命というものは存在するのだ。

三浦直次在衛もまた、鳥羽・伏見の戦いに参戦していた。勝利を得られても、局地的な趨勢《すうせい》は別の話だ。彼が戦っていた戦場は、旧幕府勢力の猛攻に甚大な被害を受けていた。

「しっかり、してください。もうすぐ、本隊に」

直次は志を同じくした同胞を背負い歩いていた。

戦いは終わったのだ。こんなところで死ぬわけにはいかないと、何度も同胞に声を掛けるが返ってくる声は弱々しい。弱気になる同胞を奮い立たせるように直次は怒鳴り付ける。自身も多くの傷を負っている。けれど共に命を懸けたのだ、見捨てるなど考えられなかった。

「もう少しで、俺達の……」

けれど結局、背負われたまま同胞は息絶えてしまった。

「あ、ああ」

これ以上は立ってはいられなかった。直次の傷も相当に深い。今まで歩いてこられたのが不思議なくらいだ。血も足りない。体が冷たくなっていくのが分かる。

皆が当たり前に笑える平穏な世を見たかった。しかし自分はここで終わりなのだと悟った。直次はゆっくりと目を閉じようとする。

「直次様、しっかりしてください」

しかし、聞こえた幼い声に目を見開いた。

「あなた、は」

そこにいたのは、戦場には似合わない娘だった。品のいい装いにどこかの令嬢かとも思ったが、このような状況で微笑む歪な佇《たたず》まいにそうではないのだと考え直す。なにより瞳の色を見れば、彼女が人ではないと容易に知れた。

あやかしの赤い瞳が直次を捉えていた。

「向日葵と申します。実は私、貴方を救うことができます。人の体を捨てることにはなってしまいますけど、どうでしょうか」

ふんわりと、鬼女が笑う。

「鬼になれば、まだ生きることができますよ」

「何故、そんなことを」

初めから名前を知っており、死の間際に現れて命を救うと語る。なにか企みがあるのは明らかだが、鬼女はそれをおくびにも出さず淑《しと》やかに振る舞う。

「親の命令ですから。それで、どうします？　やはり、その身を鬼へと変えるのは嫌ですか？」

直次は鬼が異形であっても邪《よこしま》ではないと知っている。だから、鬼になるという選択自体を嫌悪しなかった。人を捨てることに躊躇《ためら》いはあったが、それ以上に、鬼となればこれからも戦い続けて新時代の礎《いしずえ》となれるだろうか、そう考えてしまった。

「決まったみたいですね。さあ、これを呑んでください」

揺らいだ心を見透かされた。鬼女が懐から小瓶を取り出し、入っている液体を無理矢理に呑ませる。意識はそこで消えた。

再び目を覚ました時、直次は既に人ではなかった。体躯《たいく》は一回り大きくなり、皮膚は赤黒く変色していた。いつか見た友人の姿とは多少違うが、彼もまた異形となっていた。多少の文句はあったが直次は感謝した。向日葵のおかげでまだ戦える。そして道半ばで散った同胞の代わりに、新時代を見ることができるのだから。

直次は異形に身を堕としてからもひたすらに戦った。鬼の身体能力は高い。今までのように苦戦せず、勝利に貢献しているという実感があった。しかし喜びは長く続かない。

慶応四年・五月十五日。

江戸・上野において彰義隊《しょうぎたい》ら旧幕府勢力と薩摩藩、長州藩を中心とする新政府軍の間で戦闘が起こる。その戦いにおいて刀が重要視されることはなかった。新式のスナイドル銃や四斤山砲《よんきんさんぽう》、そしてアームストロング砲。近代兵器は瞬く間《またたくま》に旧幕府勢力を蹴散らし、圧倒的な勝利を収めることになる。

余計な被害が出なくてよかった。そう思いつつも、自身の手にある刀が頼りなく感じられた。

こうして戊辰戦争は新政府軍の圧勝で終わりを迎えた。近代兵器によってもたらされた勝利だったが、皆それを心から喜んだ。ようやく戦いが終わり、夷敵《いてき》に怯《おび》える必要もなくなった。彼等が願った新時代の幕開けだった。

版籍奉還の直後、明治二年六月二十五日。明治新政府は旧武士階級のうち、一門から平士までを士族と定めた。いとも容易《たやす》く誰に惜しまれるでもなく、武士は歴史からその姿を消した。それでもまだ士族は特別な階級ではあったが、彼等は追い詰められていく。明治三年には庶民の帯刀が禁止され、明治四年には士族の帯刀・脱刀を自由とする散髪脱刀令が発布される。

髪を切るのは自由だし、刀を差さなくてもいい。もう刀はお前たちの魂ではないのだと文面にして提示した。

勿論《もちろん》従うものは少なかった。武士でなくなっても捨てられない。刀は凶器だと知っている。けれど明治の世を切り開いた誇りでもあった。だから彼らは刀にこだわった。なのに新時代は、それを認めようとしない。

頭では分かっていた。明治政府は新しい統治機構として江戸幕府とは違うのだと証明しなければならない。そのためには武士も刀も邪魔でしかなく、廃刀令は当然の流れだった。

「あ…ああ……」

道行けば誰もが廃刀令を喜んでいる。ここまで来て、初めて直次は自身の過ちに気付いた。

なぜそこまで刀を蔑《ないがし》ろにできるのか。刀こそがこの時代を切り開いたはずだろう。争う以上、殺戮《さつりく》を是とせねばならず、同胞を討たれようとも非と断じることはできない。そこには苦悩があった。肉を斬る感触は気持ちが悪い、誰かを殺せば心が軋《きし》む。同じ未来を語った友が殺されて、悲しいと思わないわけがない。それでも立ち止まらなかったのは、目指したものがあったからだ。正しいと信じた未来があればこそ、痛みも嘆きも呑みこんだ。なのに、訪れた新時代こそが武士の戦いを否定する。

「直次様?」

乗り越えてきた苦難を認めようともしない明治に絶望し、直次は体を震わせる。全身の力が抜けて動けない。そんな彼の前に、いつかのように向日葵は姿を現した。

「実は、手伝って欲しいことがあるのですけど」

鬼女の願いを断ることはできなかった。

もはや刀は、武士は、人の世に必要ないのだから。

◆

『向日葵嬢に消えゆく命を救ってもらった。感謝はしています』

眼前の鬼、三浦直次在衛は遠くを眺めている。かつてとは違う赤く濁った瞳が何を映しているのかは分からない。弱きのために新時代のために刀を振るった男が、何故異形に身を堕としたのか。甚夜にはどうしても理解できなかった。

『ですが今では、生き永らえたのは間違いだったと思える。人を捨ててまで、見たくないものを見た。私は、なんのために命を繋いだのか』

鬼の表情が歪む。それが自嘲だと読み取れたのは、曲がりなりにも友人として過ごした年月があったからだろう。今も思い出せる。喜兵衛で共に過ごした日々は、甚夜にとって掛け替えのないものだった。だからこそもう一度、絞り出すように甚夜は問いを投げかける。

「直次、お前は、何故こんなことをしている」

『何故？ 質問の意味が分かりませんね』

返ってきたのは、親しみなどまるで感じさせない冷たい声だ。赤黒い皮膚の異形は、鼻で笑い平然と答える。

わなわなと肩が震えた。以前は逆だった。冷静で無表情なのは甚夜であり、直次の方が動揺を表すことが多かった。入れ替わってしまった構図が、過ぎた歳月を意識させる。あの頃とは違うのだと、まざまざと見せつけられていた。

「辻斬りに身を落とし、何人斬った？ お前は、無為な殺戮のために刀を握ったのか」

『甚殿、間違えています。私が斬ったのは与えられた平和に肥えた豚だ。豚は何人ではなく、何匹と数えるのです』

「直次！」

何故、お前がそんな言葉を吐くのか。武士が刀を持つのは、力なきものを守るためだと直次は言った。徳川に縋《すが》りつき、多くの人々が苦しんでいるのを見て見ぬ振りするような生き方はできないと。だから彼は倒幕を志したはずだ。

『何故怒るのですか、貴方とて同じはずでしょう』

直次は、むしろこちらの方こそ分からないといった様子だ。

否定はできない。確かに甚夜も直次と同じだ。新しい時代に刀を、今までこだわってきたものを奪われようとしている。

向けられる視線には、侮蔑と憐憫《れんびん》が同居していた。明治の世に刀を奪われようとしながら何もできない無様な男が、彼には醜く情けなく見えているのだろう。

『不愉快ではないですか。この平穏を作り出したのは我ら武士。刀を振るい戦った者だ。だというのに我らが虐《しいた》げられ、何もしなかった者が安穏《あんのん》と生きる。こんな不愉快な世などいっそ』

それは言わせない。邪魔するように甚夜は踏み込み、袈裟懸けに斬り下ろす。

軽く赤い大太刀で防がれた。鬼となったからか、以前よりも身体能力も反応速度も上がっている。

「言わせん。明治は、お前が願った未来だろう」

『私が、願った？』

「武士の刀は力なきもののために。それをお前が否定するのか」

甚夜の言葉に鬼は目を見開く。ほんのわずか動揺し、苦悶の表情を浮かべた。

だがそれも一瞬、火のような激情が彼を突き動かす。

『うるさい！』

型も何もない。直次は乱雑に振るうだけの横薙ぎで邪魔者を払い除ける。斬るよりも殴るというのが相応《ふさわ》しい力任せの一刀を夜来で受け、同時に後方へ退いて距離を取った。

間合いをとって構え直せば、直次は怒り冷めやらぬといった風にこちらを睨む。彼が初めて見せた、明確な敵意だった。

『貴方には分からないっ！　曲げられぬものがあると語りながら時代と共に変節し、刀を奪われた今を是とする貴方にはっ！』

甚夜はぐっと奥歯を強く噛み締める。

己を変えらないままに生きて死ぬのだと思っていた。けれど余分なものを背負って甚夜は弱くなった。代わりに重ねた歳月の分だけ、わずかながら変われたと思っている。そういう自分を悪くないと感じられるようになったのだ。それは出会えた多くの人々のおかげだ。その中には直次も含まれている。なのに、己を変えてくれたお前が否定するのか。

ぶつけられた罵倒は剣戟《けんげき》よりも苛烈だ。心が軋《きし》み、だが表には出さなかった。言った直次自身が、甚夜以上に悲痛な面持ちをしていた。

「ああ、私は廃刀令に従った。守るべきものができたからだ。直次……お前にだって守りたい者はいるだろう。そのために一時の屈辱を受け入れられないのか」

彼は廃刀令に憤りこんな真似をした、それくらいは分かる。しかし甚夜に野茉莉がいるように、直次にも妻子がいる。ならば彼だって変われるはずだ。縋るような想いで問い掛け、しかし直次は頑《かたく》なだった。

『うるさい、黙れ！　刀を奪われ、それを受け入れろ？　できる、わけが、ないだろう！』

身を震わせて拒絶し、激昂《げっこう》のままに叫んで異形は駆け出す。

赤い大太刀を上段に、まるで感情をそのままぶつけるように、全霊をもって振り下ろす。こんな時でさえ、教本通りの綺麗な太刀筋だ。その軌道に、直次がどれだけ真摯に剣と向き合ってきたのかが分かる。

「刀を捨てられない。それは私も同じだ。だが辻斬りに身を落とし、次は私を殺すか？　それに何の意味がある！　お前はそんなことのために剣を握ったのか⁉」

応じる甚夜もまた感情のままに剣を振るう。斬り合いの中で感情を見せれば隙になる。理解しながらも、抑えることはしなかった。

『違う！　私は、守るために！』

「ならば！」

『でも死んだんですっ！』

激しい責めを防ぐ甚夜は反撃に移れない。違う、反撃する気になれないのだ。直次の本音を受け止めるように、ただ正面から向かい合う。

『大勢死んだ。未来を夢見た者がいた、誰かを守りたいと言った者がいた』

刀も言葉も共に鋭く、放つ度に両者を傷付けていく。それでも止まらないし、止まれない。直次はそういう道を歩いてきた。刀を奪われ、憎しみを否定された。だとしても、だからこそ今さら立ち止まれないのだろう。

『戦うことが怖いと、殺すのは嫌だと嘆いた者がいた。それでも自分達の命が未来の礎になれればと、私達は戦った！　今は、新しい時代は、我らの振るった刀が切り開いた！』

その誇りこそを支えに、武士はただ美しい未来を願った。彼らは確かに、それを実現させたのだ。

『なのに……なのに武士は刀を、誇りを奪われた！　それを守られたはずの者達が嘲《あざ》笑《わら》う！』

しかし明治の世において武士は、その存在を認められなかった。官軍の一部が新政府に属すのみで、多くの武士は庶民と変わらない地位へと落とされた。

『何故ですか⁉ 戦いの果てに死ぬのはいい。罵倒も愚弄《ぐろう》も構わない。賞賛など元より求めてはいなかった。私達が嘲笑われる程度で平穏がもたらされるなら、喜んで受け入れよう。それでも、それでも刀を、誇りを奪われることだけは我慢ならない！その誇りこそが我らの全て、我らそのものだった！』

地位などどうでもよかった。ただ誇りがあった。太平の世を支えてきた武士、その末裔《まつえい》としての誇りが。だから刀を振るった。太平の世を支え、そして腐らせたのが武士ならば、幕を引くのは武士でなければならないと身命を賭《と》した。

なのに全てを奪われた。新政府は名もない武士が築いたものを壊し、士族に変えて価値観を貶め、ついには誇りさえ奪い去ろうとしている。

『これが新時代だというのなら、こんなものを守るために同胞は死んだのか⁉ 私達の命は何のためにあった⁉ 私は、私達はこんな未来のために戦ったわけじゃない！』

止まらない。息継ぎの暇もないほどに攻め立てる。苛烈すぎる剣は、直次の想いそのものだ。刀を、誇りを奪われた男達の嘆き。それは甚夜が感じていた鬱屈とした感情とよく似ていた。

「だから人を殺すのか？ お前は、そうやって犠牲になる弱き者をこそ守りたかったはずだろう！」

　この程度では止まってくれないと十分に理解しながらも言葉を叩き付ける。

『ならば耐えろと⁉　誇りを奪われ、価値を認められず、屈辱に甘んじ……それでも戦わぬ者のために刀を振るえと言うのか⁉　ふざけるな！　振るうべき刀を奪ったのは奴らだろう！』

「だとしても、この戦いに何の意味がある！　何故……なんで、お前に剣を向けなければならない……っ！」

『意味ならある。むしろ未来をと願った戦いにこそなかった』

　返答は下から掬《すく》い上げるように放たれた逆袈裟だ。

　避けられなかった。刀で防いでもあまりの力に吹き飛ばされる。その流れに逆らわず、体勢を崩すことなく甚夜は後ろへ下がり、しかし直次の追撃はなかった。ただ怒りの表情で甚夜を睨み付けている。それはまともに抵抗をしようともしない、戦う気のない甚夜への苛立ちだった。

『私は命を救われた恩に報いるため、人を殺す。そしてそれを邪魔する貴方を斬る』

「ならば闇討ちでも仕掛ければいいだろう」

『武士として、そんな真似はできなかった。だから果し合いを選んだだけのこと』

幾ら弁舌を積み重ねても直次は揺らがない。鬼は鬼であることから逃げられない。ここで意志を曲げられるのならば、そもそも彼は鬼にならなかった。直次は悲しくなるくらいに我を張り通す。

『戦ってください。私を止められねば野茉莉嬢は死にますよ』

甚夜の表情が歪む。野茉莉は直次によく懐いていた。息子の嫁にと言って笑い合った縁側がひどく遠い。

「何故だ、何故お前は刀を振るう」

いつか突き付けられ、答えを見出せなかった問いだ。しかし、直次は少しの動揺も見せずに答える。

『知れたこと。明治の世に、刀の意味を知らしめる。辻斬りでも死体集めでもいい。刀に為せることがあると示さなければならない。マガツメとやらが斬り捨てた死体で何をする気かは知りませんが、世が覆《くつがえ》るならそれも一興でしょう』

「そんなものを証明してどうなる」

『ですがっ！　証も立てられず消えてゆくのなら、武士は何のために生まれたのですか？』

異形の鬼の目に涙はない。しかし泣いていると思った。大それたことを望んだわけではない。ただ武士でありたかっただけだ。なのに明治の世はそれさえも認めず、直次はどうしようもない現実に押しつぶされようとしている。

『甚殿、貴方がまだ私を友と呼んでくれるなら、戦ってください。空虚な刀だった。けれどあなたと立ち合えるなら、それだけでも満たされる』

誰かのためを願っても、描いた未来は得られなかった。振るった刀の意味さえ奪われ、信じたものは無価値だと断じられた。

『だからどうか、何一つ為せなかった私の刀に、振るうに足る意味を』

その果てに直次は、そんなことしか望めなくなった。

彼は時代の徒花だ。咲いても実を結ばずに、何一つ残さず新時代という風の前に散っていこうとしている。

「他に道はないのか。全てを忘れ、新時代を生きることは」

『くどい！　自分にもできぬことを押し付けるな！』

はっきりとした拒絶に思い知る。もはや甚夜にはなにもできない。何かしてやれるとすれば、せいぜい彼の望みをかなえてやるくらいのものだ。

甚夜も姿を変え、異形の鬼と化した。

『ありがとう、ございます。やはり貴方は私の友です』

おそらくは人のままでも斬れただろう。しかしこの戦いが彼への手向《たむ》けならば、全力を出さねば失礼だし、彼の友を名乗る資格がないと思った。

「私もそう思っている」

夜来を構え直して腰を落とすと、右肩を突き出し半身になる。

対する直次は、お手本通りの正眼だった。

「だから、終わらせてやる」

自分が吐いた決意に責め立てられる。この巡り合わせを恨みもするが、湧き上がる弱音を必死に押し殺す。

直次の真意を理解してしまった。本当の願いは果し合いではなく、全霊の戦いで命を落とすという古い武士らしい死に方だ。そんなものを求めて化生《けしょう》に身を堕とした彼には、もうどこにも居場所がない。この場できっちりと幕を引こう。彼がまだ武士でいられるうちに。

「行くぞ」

『ええ』

先に動いたのは甚夜の方だった。

地を這うように駆け出し、一挙手一投足の間合いに入り込む。ただし自分のではなく相手の間合いだ。得物の長さの差から直次の一手が先になった。

『おぉ！』

裂帛《れっぱく》の気合と共に放たれる斬撃。しかし読めている。掠《かす》める程度の狭い間隔で直次の剣をやり過ごし、左に一歩踏み込んで首を落とそうと刃を向ける。それに反応した直次が、無理矢理上体を逸らす。白刃が一寸にも満たない距離を通り過ぎる。紙一重で避けられてしまった。

甚夜は上段から肩口を狙う。応じる直次は逆手で下から上へ、ちょうど甚夜とは対称に斬り上げる形になった。

刀が重なり合い、互いに弾かれる。直次は苦悶を露《あら》わにするが、すぐに体勢を立て直した。そして大上段に構え、叩きつけるような荒々しさで大太刀を振り下ろす。

傍目には凄絶と映るかもしれないが、脅威には感じなかった。あれは焦りが生んだ、術理を無視した力任せの一撃だ。おそらく鬼になってから年月の浅い彼は、拮抗《きっこう》した戦いを経験してこなかったのだろう。その不足が追い詰められて露呈した。一呼吸置いて雑な攻め手を処理するだけでこちらの優位となる。しかし、それを良しとはできなかった。

「〈剛力《ごうりき》〉」

膂力《りょりょく》を強化して真っ向からねじ伏せる。そういう気概がなければ餞《はなむけ》にはならない。地面を踏み潰すほどに踏み込み、防ぎも避けもせず勢いを維持して肉薄する。赤い刃が肉に食い込もうと、骨を斬られるより早く命に届かせる。狙うは心臓、一切の迷いなく刺突を放つ。

直次の目は鈍い輝きをしっかりと捉えていた。しかし動けない。霞《かす》む速度で切っ先は突き刺さり、そのまま体を食い破った。

「以前も言ったぞ。実直なのはお前の美徳だが、同時に急所だと」

直次はここぞという時に〈血刀〉による不意打ちができなかった。習熟の問題ではなく考えもしなかったのだ。そういう男でなければこの立ち合いは成立しなかった。

そうして彼は、どこか安堵したように倒れ込んだ。

『あぁ、やはり、甚殿には勝てませんね』

虚ろな目は何も映していない。仰向けになった異形からは白い蒸気が立ち昇る。夕暮れの空は高く遠く、死の際にある直次はどこか懐かしそうにぼんやりと眺めていた。

「謝罪はしないぞ。これも一つの結末として受け入れてもらう」

技も異能も使い、斬るために全力を尽くした。それが甚夜に示せる最大限の誠意だった。直次もそこは理解してくれているようだ。不器用な気遣いを受け取り、友としての顔で小さく笑った。

『いえ、これが勝負。私は全霊で戦い、負けた。それだけのことです。少なくとも意味のない戦いではなかった』

清々しいというほどではない。それでも立ち合いの果てに息絶えるのならましだと、彼は穏やかに終わりを待っている。

『なにより醜い明治の世を、もう見なくても済む。私は結局、死に場所を間違えたのでしょう』

死すべき時に死せぬは無様だ。その苦悩には甚夜も覚えがあった。傍まで近寄り左腕でそっと体に触れる。直次は首だけをついと動かし、視線で疑問を呈していた。

「私は、いずれ葛野の地に現れる全てを滅ぼす災厄……鬼神を止めるために強さを求めた。その心は今も変わらない」

どくんと異形の腕が鳴動した。

「そして、この左腕は鬼を喰らう異形の腕。その力、私が喰らおう」

〈同化〉。かつて葛野を襲った鬼から与えられた力だ。

『あぁ、ぐ』

甚夜は自分の中に流れ込んでくるものを感じた。痛みと熱が内側を焼く。それと同時に、直次の記憶も少しずつ流れ込んでくる。

『はっ、はははは』

〈同化〉で繋がっている間は相手も甚夜の記憶を垣間見る。始まりの景色や生まれた因縁、重ねた日々に失い得たものを知り、直次は楽しそうに声を上げた。

『甚殿、私の異能は、役に立ちますか』

甚夜はこれからも戦いに臨む。時代が刀を必要とせず、憎しみを否定されたとしても、それだけはきっと変わらない。

「無論だ。血液を刀へと変える。これからの時代、お前の力は私を支えてくれる。そしていずれは、鬼神へ届き得る刃となるだろう」

『はっ、はは。そうですか。私の〈血刀〉が人に災厄をもたらす鬼神と戦う時に。貴方のこれからを支えますか』

激痛と共に彼の想いを知る。

手に取った刀はなにも守れなかった。身命を賭した先に待っていたのは、奪われ貶《おとし》められるだけの新時代だった。これからは刀も武士も不要になる、本当はその方がいいとも分かっていた。だけど素直に受け入れるには失くしたものが多すぎた。同胞を愚弄する人々に紛れて、自分だけが刀を捨てて安穏とした幸福を甘受するなんて認められなかった。

　得体の知れない鬼に従ったのもそれが理由だ。この嘆きは自分だけのものではない。誰も気付かないだけで、踏み躙《にじ》られた者がたくさんいる。新時代は数多《あまた》の屍《しかばね》の上に成り立っているのだと、貴方達の幸せのために散って行った名もなき命があると忘れて欲しくなかった。

『よかった、何も守れなかったけど』

本当はこの果し合いも、止めて欲しかったからなのかもしれない。この道の終わりを告げるのは、時代でも民衆でもなく散々こだわった刀であって欲しかった。心は後悔に満ちている。しかし、最後の最後に救いがあった。

『私の戦いには、確かに意味があった……』

その身を喰われながら、直次は限りない感謝を向けてくれた。

誰かのためになれる、ただそれだけで嬉しいと感じてしまうくらい、彼は自身に価値を見出せなかったのだろう。それでも近付く終わりにそっと瞼《まぶた》を閉じた顔には、もう憂いは残っていない。死に場所を間違えた男は、巡り巡って友に看取られて死を迎える。悪くないとでもいうように、直次の口から自然と笑みが漏れた。

全てを取り込み、胸に残った想いに触れる。

今際《いまわ》の際に直次が思い浮かべた景色は、見上げた夕暮れでも悲惨な戦場でもなく、いつか笑い合った蕎麦屋での一幕だった。

夕暮れが過ぎて夜が訪れても、甚夜はいまだ動けずにいた。

また姿が変わった。肌は浅黒いままだが、右腕が若干太さを増して爪も鋭くなっている。自分の肌を傷つけやすくするための変化だった。

「〈血刀〉……血液を媒介に刀剣を生成する力」

自身の腕を眺めながら、その異能の意味を想う。

鬼の力は才能ではなく願望。心から望み、なおも理想に今一歩届かぬ願いの成就だ。己が信じたもののために身命を賭すのが武家の誇りであり、そのために血の一滴までも流し切るのが武士である。そう信じる男だからこそ〈血刀〉を得た。

かつての直次を思い出しながら、絞り出すような声で甚夜は呟く。

「お前は、最後まで、血の一滴までも刀でありたかったのだな」

結局、そうあることはできなかったけれど。

新しいものはいつだって眩しく見えるから、時折目が眩《くら》み失われていくものを見失ってしまう。例えば道の端の花。巡り来る時に咲く場所を奪われた花は、実を結ばずに枯れていく。早すぎる時代に押し流され、そこに籠められた想いを誰に知られることもない。

「では、な。直次……最後は上手くいかなかった。だが、お前に会えてよかったと思うよ」

甚夜は踵《きびす》を返し、山科川を後にした。

いつか直次と善二《ぜんじ》と、三人呑んだ夜があった。

けれど今は一人。それが無性に寂しく思えた。

訪れた夜に空を見上げれば、優しい光を落とす月がある。春の夜空に浮かぶ月は、輪郭も朧《おぼろ》に滲んでいる。月夜の小路を一人歩く。ふと触れれば、知らないうちに頬が湿っていた。どうやら春夜の露に濡れたらしい。

それでおしまい。

花一つ散り、けれど咲くことは止められず。

時代の片隅で、今も徒花はひっそりと咲いている。

余談　続・雨夜鷹

２００９年９月。

本を読むことは心に触れることだと彼女は言った。

兵庫県立戻川《もどりかわ》高校は寄付が多いため、近隣の高校よりも設備が充実している。図書室の蔵書も多く、甚夜も余裕がある時には読書をして過ごす。自身のこれまでを顧《かえり》みれば、普通の学生になったような気がしてくすぐったくもなる。

放課後、図書室で本棚を眺めていると、偶然みやかと顔を合わせた。騒がしくならないように小声で雑談をしていると、ふと思い出したようにみやかが語る。

「なにを受け取るかは読む人で変わるけれど、本には沢山の心が綴《つづ》られている。だから本当に面白い物語は、書き込まれた文字じゃなくて行間の方にある、なんだって」

少し頼りない物言いは、クラスの図書委員に教えてもらったからだそうだ。委員は吉岡《よしおか》といって、みやかや薫の友人だ。おとなしい女子だが熱心な読書家で、暇があれば図書室に入り浸っている。甚夜もそれなりに喋《しゃべ》る機会があり、たまにおすすめの本を教えてもらっていた。彼女が言っていたのなら、夢みたいな表現でも素直に納得できた。

「私はそこまで読み込めたことないけど」

みやかは読書の習慣があまりなかったらしく、委員の教えを理解しつつも実感はできていないようだった。

それから二言三言会話をした後、甚夜はみやかと別れて本棚を見て回る。目当ては五月の芸術鑑賞会で見た舞台の原作本だ。思い立って探しにきたが、幸運にもすぐ見つかった。

タイトルは『雨夜鷹』、実在の街娼「きぬ」の手記を現代語訳した書籍だ。内容は夫である三浦直次との出会いや暮らし、また江戸から明治まで生きた女の葛藤などが主で、著者の性格からか手記にしては面白おかしく描かれている。

手記は決して有名ではなかったのだが、舞台化されて話題になったことで、読みやすい現代語訳をという要望が多く集まった。甚夜が手にした文庫本は、そういった回りくどい経緯を経て出版されたものだ。訳する際に文意が変わらない程度の味付けが行われたため、読み物としてもそこそこの評価を受けているらしい。

甚夜にとって、この本は非常に興味深い。なにせ、かつて夜鷹《よたか》の夜鷹と名乗った女性が遺した手記だ、一度は読んでみたいと思っていた。

夜鷹には色々と世話になり感謝もしているが、最後までよく分からない女だった。散々慰めてもらい背を押してもらったくせに、理解を深められるほどの交流を持てなかった。歳を取って読書を楽しむだけの余裕を持てた今なら、以前は気付かなかったものにも目を向けられる。そういう時期に『雨夜鷹』のことを知り、甚夜は縁というものを感じた。

もしも本当に綴られた文章に心が宿るというのなら、通り過ぎるだけだった様々なものに改めて得る意味もあるかもしれない。

少しの期待を胸に、甚夜は図書室の一角で本を開いた。

◆

夫を失い、子も立派に育ち、手持無沙汰な日々が続いております。私の生涯にも終わりが見え、どうせならば何かを残そうと、手記の一つでもと筆をとりました。ただの女の半生ですが、歳を取ればそれなりに書くことも増えてきます。まず触れねばならないのは、東京がまだ江戸と呼ばれていた頃の話でしょう。

心に根差す景色はと問われれば、なにより雨の街でした。振り返ってみると、私の始まりは雨の向こうにあったように思います。

私は名を「きぬ」と申します。武家に生まれた身でしたが、政略による婚姻を良しとできず、父母に逆らいました。もともとが貧乏な家だったものですから、縁を失えば没落も早く、武家の娘もいつの間にやら夜鷹へと身を落としました。

夜鷹というのは最下級の街娼でございます。一晩男に抱かれても、もらえる金はたかだか二十四文。それでも飯を食えるだけはましだと、私は毎夜春をひさぎました。

そのような折です。ある夜、軒先で雨をしのいでいると、一人の武士が来られました。同じく雨を避けようとしたそのお方は夜鷹が相手でも見下したりはせず、それどころか礼を持って接してくださいました。軒先を貸して欲しい。そうおっしゃるお武家様に、もとより私の居場所ではございませんと私は返しました。身を売る女には居場所などないと感じていたせいでしょう。

卑屈な物言いでした。しかしその殿方は、優しく微笑んでくださいました。

「随分と寂しいことをおっしゃる。貴女のような美しい方には、雨空の憂いは似合わぬでしょうに」

それが三浦直次在衛様。後に、私の夫となるお方との出会いでした。

三浦様は見目麗《みめうるわ》しく清廉潔白。豪胆でありながら繊細、機知に富み剣の腕も立ち、卑しい相手にも決して偉ぶらない。まさに武士の鑑《かがみ》と呼ぶべきお方でした。そのような傑物《けつぶつ》だからこそ、蔑《さげす》まれるのが常の夜鷹にすらお声をかけてくださったのでしょう。ただ、品のない冗談の類はあまり好まないようで、私が悪戯《いたずら》めいた物言いをすればいつも困った顔をされました。それを可愛らしく思ってしまい、調子づいて幾度も直次様をからかった記憶がございます。けれどあの方は決して呆れたりはせず、愚かな女の振る舞いを正面から受け止めてくださいました。

あの雨の夜より、私達は幾度も逢瀬《おうせ》を重ねました。

身分の違いを意識しなかったといえば嘘になります。ですが、私は直次様に惹《ひ》かれていきました。

河野出版社『手記・雨夜鷹』より

読み始めてすぐ甚夜は顔をしかめた。書物の内容が常に正しいとは限らない。それは分かっているが、きぬの視点から描かれた直次は、こちらが恥ずかしくなるくらい美化されていた。

もっともその点以外については、甚夜の知る馴《な》れ初《そ》めと大きな乖離《かいり》はない。つまりこの本で取り上げている出来事は、多少の脚色はあっても事実ではあるのだろう。実際、いくらかは知っているやりとりも出てくる。野茉莉を拾ってからの奔走などは正確だ。逆に、甚夜の性格は根本から違っていた。

「へへ、どうもどうも三浦さま。今日も蕎麦屋へ行くんで？　あっしもお供させていただいてよろしいでしょうか」

手記中の甚夜は直次に媚《こ》びを売り、食事を奢《おご》ってもらって生活を繋ぐ貧乏人だ。舞台の時もそうだったが、必要以上に馬鹿な男だと強調されている。

「まあ、なんて方でしょう」

「そう言わないでくれないか。あれでも私にとってはよき友なのだ」

不満を持つ夜鷹を直次が優しく窘《たしな》める、その流れが定番だ。最初は不満を感じていたが、読み進めていくうちに甚夜はいつの間にか没頭していた。文章をなぞると直次と夜鷹の重ねた日々が脳裏を過《よぎ》った。

「夜鷹殿。私は、貴女を」

江戸の頃、直次は夜鷹に求婚した。

当時、武士の恋愛結婚というのは非常に珍しかった。武家の婚姻は家を結ぶためであり、直次の母が古い武家の女だっただけに反対も強かったはずだ。しかし『雨夜鷹』によれば直次は頑として譲らず、妻にするのはきぬ以外ありえないと言い切ったらしい。家を捨てようともこの愛を貫く、と物語の主人公よろしくの大立ち回りまで描写されている。

どこまで本当かは分からないが、当時の直次の様子を思い出してみれば、一途に慕情を向けていたのは間違いない。友人の恋の裏側を覗《のぞ》くのは申しわけないとは思うが面白くもあった。

ページを進めるうちに、甚夜はふと奇妙な点に気付いた。この手記では、甚夜が鬼だと明確に記述されている。同時に鬼の存在についても説明をしていた。

「ところで、江戸は決して華やかなだけの町ではございません。私がそうであったように、日々の暮らしにも困る者が多く住んでおりました。不平不満は当然のようにこぼれるし、人が集えば趣《おもむき》の異なる輩《やから》も紛れ込むものです。鬼というものがおります。おどろおどろしい話ではありません。お上は、庶民よりもさらに下の、卑しい出自の者達を人ではないと蔑《さげす》みました。この世の理《ことわり》から外れた鬼だ、と言うのです」

鬼というのは妖怪ではなく、当時の権力者が使っていた被差別民に対する蔑称《べっしょう》でしかない。中には本物のあやかしもいたのかもしれないが、鬼と呼ばれた者の大半は蔑まれて虐《しいた》げられた哀れな人々だった、というのが彼女の主張だ。

甚夜の正体も化け物ではなく「浪人のふりをしている被差別民」だとされている。三浦家の屋敷であった一幕も「同じく虐げられてきたきぬが親近感から甚夜を慰める」という場面に差し替えられていた。

表面上は普通の内容だが、夜鷹について知っていれば意味合いが変わってくる。彼女はかつて怪異に巻き込まれた経験がある。鬼が実在しているのをちゃんと知っており、にもかかわらずこのように説明したのは何故だろうか。

初めは甚夜を気遣ってかとも思ったが、それなら最初から隠しておけばいい。彼女の意図を探すように次に進めていけば、手がぴたりと止まった。

江戸時代の終わり頃、直次は京に向かった。きぬは夫を止めずついていった。そこから先は、甚夜の知らない夫婦の物語だった。

◆

まだ江戸にいた頃の話だ。

没落して家を失い、娼婦に身を落としたきぬにとって直次は唯一だった。自分の存在が夫を貶《おとし》めてしまうと理解していながらも、ずっと傍にいたいと願うほど慕っていた。

「旦那様」

「ああ、きぬ」

三浦家は南の武家町にある古い屋敷だ。直次は庭が気に入っているようで、よく縁側で四季折々の花を楽しんでいる。今日は庭で木刀を振るう忠信《ただのぶ》を見守っている。誰に憧れたのか、息子は勉強よりも熱心に鍛錬をする。それが直次には微笑ましいらしく、穏やかに目を細めていた。

「ここは私にとっての幸福の庭だ」

きぬは深く追及しなかった。代わりにそっと手を重ねると、夫は優しく握りしめてくれた。

「昔、思ったんだ。色々なものを忘れて生きていく、人は寂しいものだと。けれど遠くなった記憶をお前と眺めることができるのは幸せなのだと、今さら気付かされたよ」

以前、直次には兄がいたと聞いた。けれど家を出てしまって以降は音沙汰がなく、いつの頃からか話題にも上らなくなった。夫は庭を通して懐かしい景色を眺めているのだろうか。自分ではそれを共有してはやれないが、寄り添うことが慰めになるのなら、確かにそれは幸せなのかもしれない。

「父上、どうされたのですか」

ぼんやりとしていた父に気付き、忠信はまっすぐな目を向ける。

「いや、なんでもないよ。忠信、随分と剣を振れるようになったなぁ」

「まだまだです。そうだ、父上。また甚夜さんに来てもらえないでしょうか。その、野茉莉さんにも」

忠信は、あの浪人によく懐いている。こうやって木刀を振るうのも彼の影響であり、稽古をつけて欲しいといつも言っている。娘の方にも興味があるようで、少し照れた顔をしていた。

「そうだな。なんなら嫁に来てもらえないか頼もうか」

「旦那様」

二代続けて武家以外から娶《めと》るというのは外聞がよろしくない。自分がその先例だけに強くは言えないため短く声をかけると、夫は静かに笑った。

「いや、身分など気にせず慕う者と結ばれる。そういった世がくるのではないか、そう思っているんだ」

今にして思えば、それは決意だったのかもしれない。いずれそうなる、ではなくそういう世を作りたい。直次は徳川に忠を誓う武士だが、それ以上に誰かの幸せを願う優しい人だったのだ。

そうして転機は訪れる。

「私は京へ行こうと思う」

江戸末期、諸外国に対する弱腰な外交を見て、直次はこのまま幕府に仕えていても民のためにならないと判断したようだった。知人の伝手《つて》を頼って京に渡り、倒幕を目指すのだと語った。

「すまない」

短い謝罪には様々な意味が込められている。妻子を持つ身でありながら身勝手な選択をしたと悔やみ、忠義を曲げることも心苦しく思い、それでも撤回しないと直次は堂々と胸を張っていた。

だから、きぬには一片の迷いもなかった。

「でしたら旦那様、私もお供させていただきます」

驚く夫に淑《しと》やかな微笑みを向ける。

夫は息子の忠信を任せて江戸に置いていくつもりだったのだろう。時代の争乱に身を投じるのだ、生き残れるかどうかは分からない。武家ではいられなくなるが、せめて無事であって欲しいという不器用な愛情だった。

「きぬ、私が向かうのは命の保証のない戦場だ。お前をつれてはいけない。無事で、幸せであって欲しいんだ」

「旦那様のいない幸せなど、この世にはありません。どうか、最後までお傍に」

江戸での暮らしは嫌いではなかった。浪人との気の置けないやりとりも好ましかった。それでも直次がいない日々は考えられない。苦楽も生死も、夫がいて初めて価値を持つのだ。

「来てくれるのか」

「はい。少しでも私を思うのなら、無事に生きろではなく共に死ねと仰ってください」

「きぬ……」

直次は迷いを噛み潰し、きぬの手を取ってくれた。

こうして三浦直次は薩長の兵として従軍し、後に言う鳥羽・伏見の戦いに参加した。

戦場の習わしは分からない。きぬにできたのは背を押し、ただ待つだけだった。どうか夫に凶刃が及ばないように、銃弾が彼を避けて飛ぶようにと夫の無事をひたすら祈る。一人では耐えられなかっただろうが、忠信がすぐ傍で支えてくれた。

不安な夜を幾度も越えて彼女は、この国はようやくの夜明けを迎える。大政奉還、明治新政府の樹立。時代は大きく変わり、しかしきぬにはどうでもよかった。

「よくぞ、お戻りになられました」

「ああ、きぬ。これで、私達が望んだ平穏な世が」

なにより嬉しかったのは、直次が本懐を遂げて傷一つなく帰ってきてくれたことだ。新しい世を愛する家族と共に生きていける。これ以上の幸せなどあるはずがなかった。

なのに、上手くはいかないものだ。夫婦は少しずつ綻《ほころ》んでいった。

「あんた？　どうしたんだい」

「あっ、ああ。きぬか」

京に移った三浦家は、決して裕福ではなかった。

幕藩体制が崩壊して武士の特権は取り上げられ、代わりに与えられたのは士族という有名無実の身分だけだ。維新で功を上げて新政府に役職を与えられた者もいたが、そうでなかった直次は市井《しせい》で生活するようになった。

もともと街娼だったきぬは、苦痛とは感じなかった。家族で肩を寄せ合い暮らすのは、むしろ喜ばしい。不満があるとしたら直次の態度だった。戦場から帰って以来、夫は触れられることを極端に嫌がるようになった。機微に聡《さと》いきぬには、それが心変わりではなく根深い怯《おび》えだと容易《たやす》く理解できた。しかし、折を見て聞き出そうとしても夫は口を割ろうとはしなかった。

「父さん、せっかくだから町を見て回ろうよ」

「いや、忠信。お前達だけで行ってきなさい」

明治の世に順応するのは忠信が一番早かった。父母を庶民がそうするように気安く呼び、新しい知識を学び、金を稼いで家を助けるのだと語っていた。いまだ野茉莉への未練はあるようだったが、それ以外は溌剌《はつらつ》とした子に育っていた。

きぬもかしこまった物言いはやめた。こちらの方が慣れているので気楽だし、武家の女としての対応が必要なくなった分、自然と笑顔も増えた。

「いいじゃないか、たまには皆で」

「すまない、少し体調が悪いんだ。本当に、お前達が楽しんでくればそれでいい」

反して直次は難しい顔が多くなった。その理由を聞けなかったのは、踏み込めば夫が傷付くと察せられたからだ。夫婦は噛み合わないままだったが、お互いに想い合っていた。だからこそ触れ合いはなくなってしまった。

従順な妻ならば、また家族として分かり合う日が来るのを待つものだろう。けれど無駄に賢《さか》しくなったきぬでは、そういう女にはなれなかった。夫を嫌ったのではない、今も心から慕っていた。けれど同時に知ってもいた。たぶん直次は「その時」を待っている。そこに辿り着いた時に夫婦は終わるのだと。

「直次様、お茶を淹《い》れたよ」

「ああ」

噛み合わない暮らしはしばらく続き、ある日、夫婦はいつかのように庭を眺めていた。

武家屋敷よりも大分小さくなったが、植えられた杜若《かきつばた》は初夏に鮮やかな花を見せてくれるだろう。しかし直次はきっと、この庭も思い出の情景も見てはいなかった。不意に彼は縁側から庭へと歩みを進め、夕暮れの中でゆっくりと振り返る。

その瞬間、きぬは理解した。ああ、ついに来てしまったのだ。

「私は、別れを告げられるのかい？」

見透かされるとは思っていなかったのだろう、直次は動揺していた。夫が何かを言うより早く問いかけたのは下らない意地だ。ただ離縁を突き付けられるよりも、毅然《きぜん》とした振る舞いを見ていて欲しかった。

「気付いていたのか」

「まあね。あんたには、今の世は生き辛いだろうと思っていたから」

偉そうにしていた武士は排除され、刀も取り上げられた。今まで虐げられてきた民衆からすれば、新時代は素晴らしいものだったはずだ。けれど武士であることにこだわり、新時代の礎《いしずえ》になろうとした直次からすればひどく醜く映ったのだろう。彼は穏やかな明治の世を、まるで悔やむように見詰めていた。

「ずっと言えなかった。だが最後になるなら、全てを伝えようと思う。私はもう人ではない。お前達とは暮らせない」

今の自分は誰からも蔑まれる被差別民と変わらない、直次は暗にそう語った。

「これから私は同胞に決闘を挑む。振るい続けた価値のない刀にも、最後には意味があって欲しいんだ」

言葉には遠い日の決意と同じ力強さがあった。だからきぬはそれを静かに受け入れ、武家の女としての顔を作ってみせる。

「どうぞ、ご武運を。願わくは旦那様の望む終わりへと辿り着けますよう、祈らせていただきます」

「きぬ、すまない。私はよき夫ではなかったのだと思う。結局、自分の望みのためにしか動けなかった」

そうではないと伝えるように、きぬは体を預ける。夫は少し強張ったが引き離されなかった。この温もりを長く覚えていられるように、この瞬間を深く心に刻む。

「馬鹿にしないでおくれ。知っていて、傍にいたいと願ったんだ」

「ああ、そうだ。そうだったな」

「だからあんたは意地を通せばいい。そのくらいで離れる心なんて、初めから持ち合わせちゃいないさ」

その言葉に三浦直次は振り返らず家を出た。それを止めもしなかった。迷い続けた彼の足取りが確かだったから、別れの寂しさよりも安堵が勝った。

おそらく夫は死ぬだろう。

だが、無為に生きて朽ち果てるよりも満ち足りた終わりを迎えられるはずだ。

「直次様……」

それでもきぬは流れる一筋の涙を抑えられなかった。

以後、二人が再び会うことはなかった。

彼女は再婚せず、生涯夫だけを愛し続けたのだという。

◆

「あれ、『雨夜鷹』?」

顔を上げると、すぐ傍にみやかがいた。どうやら随分と本にのめり込んでいたようだ。声をかけられるまで気が付かなかった。

「それ、私も読んだ。面白いよね。ちなみに、一番気に入っているのってどこ？」

「まだ途中だが、直次が出て行く場面だな」

夫婦の別れの一幕を読み終え、甚夜は息を吐いた。

明治の世に耐えられなかった直次は、妻子を捨てて家を出た。その辺りが夜鷹の視点から情感たっぷりに表現されていた。しかし甚夜がそこを選んだ理由は印象的な場面だったからではなく、鬼が被差別民だという話の真意に気付いたからだ。

直次は人ではなくなったと言い、それを夜鷹は蔑まれる身分になったと記した。そうしたのはとりもなおさず、彼女が当時の状況を正確に把握していた証明だった。あえて誰にも分からない形で手記に残したのは、妻としての意地だったのだろうか。化《け》生《しょう》になっても夫への愛情は変わらないと書き残しておきたかったのかもしれない。

一つだけ言えるのは、あの遠い戦いの傍らには、直次の決意だけでなく夜鷹の愛情があったということだ。

既に過ぎ去った日々であり、知ったところで今さらなにが変わるわけでもない。それでも彼女の心の端には触れられたように思う。『雨夜鷹』の行間には文字よりも大きな心が詰まっていた。

「きぬが想いを告げるところ、いいよね。ちなみに、私はここ」

そう言いながらみやかは手を伸ばして数ページめくる。指差したのは、親一人子一人になったきぬが昔を懐かしむ場面だった。

出て行った直次を恨まない。彼と共にいた記憶だけで幸せな最期を迎えられると言うきぬは、江戸で過ごした頃を振り返る。そこには愛する家族だけでなく、甚夜に関する話もあった。

「夜鷹め……」

思わず顔をしかめてしまう。まともな扱いは期待していなかったが、想像以上にひどい。

なんでも甚夜という浪人には愛娘がいる。そこまではいいのだが、あまりに溺愛し過ぎて「くそう、嫌だ嫌だ、娘を嫁になんか出すものか。ずっとこの子と一緒にいるんだ」と叫びつつ、酒に酔っ払って素っ裸で往来を転げまわる姿が事細かに描写されていた。直次との差があからさま過ぎて、悪戯どころか嫌がらせに近い。おまけに京都で再会した時にもわんわん泣いて大変だった、子供でさえ知っていることにも気付かないだの散々な書かれ方をしていた。

「なんていうか、すごいね」

褒めているのか慰めているのか。ある程度こちらの事情を知っているせいで、みやかは笑いを噛み殺せていなかった。

「まったく。どういうつもりだ、あいつは」

憮然《ぶぜん》としてそう言えば、堪《こら》え切れず彼女は吹き出した。静かな図書室では目立ってしまい視線が集まる。慌てて取り繕《つくろ》ったようだが、口の端は震えたままだった。

「君が楽しそうで何よりだ。さて、そろそろ帰るか」

「まだ途中みたいだけどいいの？」

「せっかくだから借りていく。続きが気になるしな」

甚夜は手早く貸し出しの手続きを終え、本を鞄に入れた。きぬの物語も気になるが、ここまでくると自分をどうやって貶《おとし》めているのか確認しておきたい。

「君の言っていたことは本当だな」

「そう？　受け売りだから、あまりしっくりこないけど」

読書の楽しみ方を教えてくれたみやかに感謝し、甚夜は小さく笑みを落とした。引っかかるところは色々あるが、表面の文章にとらわれて夜鷹の真意を見逃すのはもったいない。今夜は酒を控えて、じっくりと読み耽《ふけ》るつもりだ。

きっとこの本には、見逃してしまった優しさがたくさん詰まっている。

この物語はフィクションであり、実在の人物、店、企業、団体等には一切関係ありません。

双葉文庫

な-50-05

鬼人幻燈抄《きじんげんとうしよう》（五）

明治編《めいじへん》　徒花《あだばな》

2023年3月18日　第1刷発行

【著者】

中西《なかにし》モトオ

【発行者】

島野浩二

【発行所】

株式会社双葉社

〒162-8540 東京都新宿区東五軒町3番28号

［電話］03-5261-4818(営業部)　03-5261-4804(編集部)

www.futabasha.co.jp(双葉社の書籍・コミックが買えます)

【印刷所】

中央精版印刷株式会社

【製本所】

中央精版印刷株式会社

【フォーマット・デザイン】

日下潤一

ISBN978-4-575-52652-3 C0193

Printed in Japan